KiWi
PAPERBACK
972

Über das Buch:

Stans Karriere als Popstar ist am Ende. Die Plattenverkäufe sind im Keller, die Presse setzt ihm mit Gerüchten über sein Sexleben zu, und sein Publikum jagt bereits dem nächsten großen Hype hinterher. Sein Manager lässt sich am Telefon verleugnen, und seine Freundin verlässt ihn am Silvesterabend. Von Mordgelüsten getrieben, irrt Stan durch das nächtliche Warschau. Doch er ist nur ein Akteur in einer Welt am Rande des Wahns: Eine Bäckerin sehnt sich nach einem Leben im Rampenlicht. Einer Neolinguistikpoetin fehlen die Worte. Ein Musikkritiker macht Schlagzeilen mit seinem Übergewicht. Ein Medienfachmann sieht schwarz.
Und genauso gebrochen wie die Figuren ist auch ihre Sprache: Sie setzt sich aus Literaturzitaten, Popsplittern und Medienweisheiten zusammen. MC Dorota gießt diese Samples lässig in den mitreißenden Rhythmus des Rap und malt mit unzähmbarer Sprachlust das überdrehte Bild einer beschleunigten Gesellschaft.

Dorota Masłowska,

geboren 1983, gewann mit »Die Reiherkönigin« 2006 die *Nike*, die höchste literarische Auszeichnung Polens. Ihren ersten Roman »Schneeweiß und Russenrot« schrieb sie im Alter von 18 Jahren. Sie erhielt dafür den renommierten Preis *Passport* der Zeitschrift Polityka sowie den *Nike-Publikumspreis*. Das Buch wurde in dreizehn Sprachen übersetzt und als literarische Sensation gefeiert. In Deutschland erhielt Dorota Masłowska dafür den Jugendliteraturpreis. Sie lebt mit ihrer Tochter in Warschau.

Olaf Kühl,

geboren 1955, Slawist, Osteuropa-Experte und Kritiker. Zahlreiche literarische Übersetzungen aus dem Polnischen, Russischen und Ukrainischen. Pendelt zwischen Berlin und dem polnischen Dorf Dominikowo (Mienken).

Weiterer Titel bei Kiepenheuer & Witsch:

»Schneeweiß und Russenrot«, Roman, KiWi 813, 2004.

Dorota Masłowska

Die Reiherkönigin

Ein Rap

Illustrationen von Maciej Sieńczyk

Autorisierte Übersetzung
aus dem Polnischen von Olaf Kühl

Kiepenheuer & Witsch

Die Publikation dieses Buches wurde gefördert
durch das Übersetzungsprogramm ©POLAND des
polnischen Buchinstituts.

INSTYTUT KSIĄŻKI

©POLAND

1. Auflage 2007
Titel der Originalausgabe: *Paw Królowej*

Umschlaggestaltung: Barbara Thoben, Köln
Umschlagmotiv: Matthias Clamer, Getty Images
Autorenfoto: © Agencja Gazeta, Warschau
Gesetzt aus der Beton
Satz: grafik & sound, Köln
Druck und Bindearbeiten: Clausen & Bosse, Leck
ISBN: 978-3-462-03778-4

Eh Leute, kommt aus'm Arsch, Marsch jetzt und aufgewacht, hört die Signale, spürt das Fieber der Nacht, hört die Geschichte von der hässlichen Braut, der gründlich versauten, die kein Schwein traut. Wie Hund ihr Körper, oder Mops, die leeren Augen zwei eitrige Drops, im Mund hinter lauter Zähnen lauert das blanke Gähnen, lila schlängeln sich die Schläfenvenen, asymmetrisch glotzen die Lidspalten und, mein Gott, niemand wollte mit so 'ner Alten pennen, geschweige sie persönlich kennen. Bei ihrem Anblick verzweifelt die Welt, der Katholikengott from US of A predigt für Geld, spielt Totofee um 20 Uhr 10, blinder Jongleur, dem die Bälle ausgehn, Rock-'n'-Roll-Schwindler, Kinderüberrascher von Manga Gdynia, gelbes Schlitzohr vom Warschauer Russenmarkt, das der Braut jede Achtung versagt und dir die voll verarschte Gräfin Kotzebie als deine supergeileextraneue Tussie verkauft.

Sie hieß – kein Witz – Patricia Pitz und wohnte Woronicza in dem Dreh, Warschau Null-Null-Neunhundert-Zehn, Haltestelle polnisches Fernsehen, wo jeder Pole Polens Lindenstraße sieht und die Fernseh-Torbicka am helllichten Tag durch die Wirklichkeit wandelt. Oder in der Czerska Nummer acht, wo eine Euruine Warschau City verschandelt und man blind sein muss, um Lindenstraße zu sehn, mit täglich neuen Leseraktionen. Große Aktion: Lasst uns mental nach Australien gehen. Große Aktion: Wer glaubt, der wird sehen. Wie kommst du überhaupt auf solche Ideen, was willst du mit Devotionalien, nimm lieber die Realien. Große Aktion: nationale Fäkalien, VEB Siekierki, lauter Lappalien. Schön ist niemand, wie du weißt, aber Sankta Patricia ist ein heiliger Geist. Ich hab 'ne Affäre mit ihr, sie hat Altäre bei mir, da steht sie mit Jesus, das Gesicht in Sackpapier.

VEB Siekierki und VEB Kawęczyn, Patricia Pitz, ihre Eltern waren reich wie Ritz, und trotzdem rotzt die Welt ihr, seit sie Kind ist, stinkend warme Spucke in die ausgestreckte Hand. Niemand wollte mit so 'nem hässlichen Balg spielen, die anderen ziehen ihre Kinder weg und lispeln arrogant: Meine Karolinka, meine kleine Miss, spielt nicht mit dieser Trixie Piss, sonst erzählt sie morgens schlimme Träume, wie Piss, die Sau, ihr das Gesicht ins Bettchen steckt und sagt: Jetzt siehst du auch so aus wie ich. Nur dem Goldfisch wird der Mund noch wässrig, Patricia, was bist du so hässlich. Warte, Zwerg Nase, warte, woher hast du diese Nasenschwarte. Zu Hause auf dem Flokati, Patricia pudert der eigne Vati. Wer sagt's denn, dieses Luder pudert auch noch ihr Bruder. Die Schuhe waren viel zu eng, Patricia pudert ihr Cousin. Mach daraus kein Drama, Patricia pudert ihre Mama. Dann zogen sie ihr den Rock ab, warfen ihn in die Gärten und streuten ihr, die sich wehrte, Sand ins Maul, dann pinkelten sie auf sie drauf, lachten sie aus und winkten. Vom Herrn bist du berufen, Trixie, und sogar der Mongo im Parterre, dem es ja einerlei war, lachte: Kurwa Matsch Twoja Schweine Raj, grölt er und sabbert, jetzt sag mir aber, wie behält der all die schweren Wörter? Seine Spucke verätzt die Pantinen, schäumt wie Brausepulver und tropft, Apokalypse, bald steht die Welt kopf! So viele Jahre grölten die Hinterhofgeschwüre, schlich in ihrem bekackten Leben die farblose Sonne feige zum Untergang, draußen standen alle und warteten bang, wenn ihr Herr Papa zum Auto ging, Morgen, Herr Magister, wer war heut artig und kriegt von seinem neuen Wartburg mehr Gas ab. Doch kaum war er weg, stellten sie seiner Tochter schon nach, eh, Pitz, eh, Pitz, willst 'n Strick, wir stecken dir Steine zwischen die Beine und Makrelenpelle ins Maul. Und jetzt hör mir zu, denn wenn du denkst, es ist wichtig, in welcher Straße das war, in der Czerska, Perska oder Woronicza, am Arsch, am Kanal oder am Scheißverkehr, und in welchem Viertel, Müllhalde Radiowo oder Flughafen Bemowo, Żoli, Praga oder Falenica, dann schade, Alter, verpeilst du zwei Worte, der Arschcharakter ist keine Frage der Orte, keine Frage von Kiez oder Block, das steckt bei dir im Kopf, dort fault das Stroh, ja, ja, Herr Tac, die Zeit ist's, die tickt, im Frühling an Oder oder Neiße rammelt schon der Hase. Eigentlich isst du Scheiße, aber mit kandierter Haselnuss, Scheiße, aber nicht ohne, mit Schirm und Mokkabohne, ein Genuss, garnierte Scheiße-Häppchen, solche Schnäppchen wollen alle gern, herabgesetzt, mit Löffelchen dazu, was für ein Abend, meine Herrn! Schlaf, Junge, lass das Denken sein, schon schlummert dein Schwanz in der Hose ein, auch der Mond am Himmel geht zur Ruh, lässt die Hände auf der Decke, so wie du, und morgen ist Samstag, die Hunde schlafen, die Mama schläft, siehst du, wie gut es dir geht, du machst Preisausschreiben, du sammelst Prämien, und morgen ist Samstag. Schlaf, mein

Junge, bete brav, *Gazeta* meine *Wyborcza*, lass die Äuglein dein über meinem Bette, über Krakau sein, auch in Warschau schaffe Recht und Gerechtigkeit, selig soll ganz Polen dösen, Coupons gewinnen und Bons einlösen, alle sind scharf auf ein Fahrrad und neue Höschen. Und jetzt ein Preisausschreiben für den achten Wochentag, und jetzt ein Rubbellos und Fernseh-Quiz im Radio, und jetzt die *Gazeta* meine *Wyborcza*, und morgen ist Samstag. Denn das Böse ist keine Straße und kein Kiez, du blöder Tropf, das Böse sitzt in deinem Kopf. Groß ist die Auswahl an Klingeltönen, und Logos gibt's viele, am Ende musst du löhnen, Alter, und hast nur eine Alternative: im Zentrum den goldenen Schuss oder in Praga den massiven Bluterguss.

Du Arsch, jetzt denkst du bestimmt, das ist das Ende von Pitz ihrem Lied, dem Märchen vom Star, der versauert, von der Weide, die trauert, vom Made-in-China-Püppchen, dem die Kutteln rausquellen, weil keine Sau mit ihm knuddeln will. Du denkst, this is the end my friend, MC Dorota packt ihre DJ-Toys, und jetzt gibt's Fucka Fucka über Jacuzzi und plantschende Sunnyboys. Ne, ne, ne, denn hör mir zu, dies Lied ist über die Liebe, von wegen Triebe, Bullen ficken und bouncende Chicks und Zicken ohne Hirn, dafür mit Armanihöschen, VEB Siekierki, VEB Kawęczyn, wenn du das denkst, bist du ein dummes Möschen. Pe I Te Zet Patricia, sie hatte doch alles, was *Bravo* und *Filipinka* empfehl'n, Sonia Rykiel-Parfüms und vergoldete Schminke, Goldzigaretten und Duftkugelschreiber, Acnosan Tonik fürs Ekzem, passend zur Augenfarbe die Creme. Also warum saß sie Abend für Abend am PVC-Plastikfenster standhaft standby stets zur Liebe bereit, wo nur ein Engel, ein hässlicher Bengel mit einem Kleiderbügel als Flügel, sie besuchte, eine *SPOLEM*-Tüte auf dem asymmetrischen Kopf. An Kissen gelehnt, futterten sie den Vögeln die Krumen weg, aßen die Blumen des Bösen und schliefen nicht, ja eben nicht, in dieser Nacht. Einen Stock höher haben nämlich eine Frau und ein Typ laut Sex gemacht bei offenem Balkon. »Ah, ah, oh, fick mich, du geiler Bock«, blind ging das Echo über den Block und höhnte, nö, nö: »UND DU NICHT UND DU NIE UND DU NIEMALS, UND NOCH NIE, UND NIE MEHR!« Auf Polnisch hieß das: »ONA NIE!« Und dieser Schrei im Falsett wird gesponsert von Polens Mister Njet!

So starrten sie Stunden auf die Stadt, den grauen Star mit seinen architektonischen Wunden, seinen Kriegsgebrechen, suchten nach Kreditversprechen. Patricia Pitz gefangen in klebrigen Träumen, wie sie nachts flaniert an Meeressäumen, so schön, so schön an ihrem wilden, wilden Strand, aus Banknoten ihr Kleid, die Augen aus Diamant, so schön, so schön wie jene Mädchen, die nie Experimente machen, keine Exkremente und so Sachen, und alle wollen und begehren sie so sehr, fahren ihr stehenden Teils hinterher mit ihrem blank gewichsten Achtzylinder, all diese schicken Technokinder, aber mit Patty iss nich, sie drückt nur »CANCEL VERPISS DICH«.

Eh du, hör zu, diese Geschichte, stell sie lauter, weil es ist eine Geschichte über die Liebe, ich trage sie zu euch wie Blut in geballter Faust, dies ist keine Muzak, von wegen schneid Gutscheine aus, sammle Bonusherzchen, schick Prämien ein, denn »wer spielt, gewinnt« – wie Platon empfiehlt, und »Hänsel ging ganz schön weit«, wie Sokrates versichert. Ich bin neunzehn und brauch keine Persönlichkeit, denn ich habe Charakter. Liebe? Nichts ist abgefuckter. Mach ich seit vier Jahren, diese Triebe, in den Mund, in den Arsch, in die Achselhöhle, ins Auge, ins Ohr und in die Fotze, alles hab ich schon gemacht. Statt Glotze. Mit Heidegger zu sprechen: »Sein? Keine Zeit zu«, oder Deleuze: »Von hier nach nirgends, das dauert!«

Also hört zu, das Kino *Bunte Brille* eurer eitlen Träume feiert heute Nacht ganz groß Bankrott, denkt ihr, das Leben ist ein Leinwandplot, ein Werbespot, wo du als propere Klementine die Wahl hast zwischen Spee und Magermargarine? Gott im Himmel macht sich ins Hemd, hat Weihnachten einmal nicht verpennt und freut sich über das gelungene Präsent, Schinken vom Chinesen, niemand soll darben, im Angebot Lidls Bermudapforz mit Gummizug in allen Größen und Farben. Also wenn du meinst, du wüsstest alles von der Welt, weil du morgens in der U-Bahn die Nase ins Gratisblatt hältst, dann weißt du nichts, denn du hast nie Patricia Pitz gekannt, hast nie ihre Augen gesehen so triste wie vollgepisste Ketchupgläser von Pudliszki. Wo ist sie jetzt, Patricia Pitz, schläft sie vielleicht traumlos, oder traut sie sich mit fruchtlosem Uterus in die Nacht hinaus und hört die Gören schamlos grölen? Kurwa Matsch, die Frau hat ja'n Schuss. Eh du Arsch, ich rede zu dir, du bist gemeint. Was würdest du tun, wenn so'ne Kotzbrumme zu dir kommt und ihren Körper wie lauwarm Ravioli serviert, wenn sie ihre Unterlippen rasiert und dich verführt, was dann, was würdest du tun, du bist doch nicht böse, du bist doch gut, und was würdest du sagen, wenn Christus dich besucht, als Patricia verkleidet, und es mit dir tut? Fragen über Fragen.

Eh Alter, ich sage dir: Pe I Te Zet, Pitz Patricia, natürlich hatte sie Männer im Kopf, auch wenn sie hässlich war, but some day he'll come along, the man I love, und heißen wird er Retro, Stanisław. Merk dir diesen Klang, rau und reif der Ruf- und passend poppig der Nachname, alles gut für die Reklame, doch bevor das geschah, hatte die Arme ihre erste große Liebe schon hinter sich, und wie kam das nochmal? Ein Jahr zuvor. Fleischrot gammelte der Nachmittag über der Stadt, der Himmel blühte in Scham, durch die Abgas-Watte watete Patricia, da kam er, trotz warmer Jahreszeit in Stiefeln und abartig miefend. »Hallo mal, junges Fräulein«, raunzte er, sie dachte, er will Kleingeld für Wodka und Wein, doch nein, das sollte die ersehnte Liebe sein, die endlich angekommen war bei ihr, so groß und ach so kurz. »Ich gehe dir schon länger nach und merke, du hast 'ne Fehlstellung im Hinterkopfbereich, ich bin Mariusz, von Beruf Masseur, und ich schwör, ich mach es dir gleich, würd' dich auch gern massieren danach, oder hast du was dagegen vielleicht. Ich, ich wasche nämlich massig gern, würde mal gern zu dir kommen, wenn du allein bist, und dir die Wäsche waschen, am liebsten die Hosen, falls du mich lässt, und hättest du was dagegen, wenn ich am Schritt dran schnüffle, würde das deinen Freund nicht stören. Egal welche Hosen können es sein, wenn sie nur dir gehören, die Mädchen bringen mir ab und an mal ihre Hosen, damit ich diese Hosen wasche. Waschmittel und all das hab ich da, nur getragen müssen sie sein, du weißt, was ich mein, solche Hosen mit Schlag, Jeans oder Jogginghosen, Reiterhosen, Hosen-Hosen oder solche mit Schlag.«

Das soll es nun gewesen sein? Damals schien ihr alles so hoffnungslos klein, so grau und kränkelnd zu sein, der Wind schnürt die Senkel ihr auf und bläst ihr Müll ins Gesicht. Gott im Himmel stört das nicht, der lacht sich 'n Ast, ein Stück Welt hat sie bestellt und bekommt als Ersatz ein Häufchen Dreck zusammengekratzt, hier bitte, extra für dich, dein Traum von der großen weiten Welt, ha, ha, iss nur schnell auf, sonst macht der Papa ihn zu Geld. Da sagte sie: »Das soll ich glauben? Mach deine Komplimente den Tauben, mit mir is' nicht, ich glaub, du vergisst dich, was denkst du denn, wer du bist, war nett dich zu kennen, aber was kannst du mir lernen? Ich weiß Bescheid, dass du mich liebst, herzliches Beileid, das ist dein Problem. Ruf nicht an, fleh nicht, ich hab keine Zeit. Du denkst, mich will niemand? Typen wie dich habe ich zig an der Hand, in die Gegensprechanlage hör ich sie winseln, und wenn ich aufmach, knien sie auf meinem Fußabtreter, wie muselmanische Gottesanbeter, träum weiter, du Pinsel. Kino *Bunte Brille*, Mirosław Pęczak bei dir zu Hause auf großer Sause. Nein, nein und nochmals nein, niemals werd ich mit dir gehen, wie du schon aussiehst, wenn du dich erst ausziehst, verpiss dich, du bist arm und unreinlich, du stinkst nach Kot, das ist ja peinlich. Artur Grottgers *Blanke Not*, wer hat dich so zugerichtet, und diese Fresse von dir, diese Nasenschwarte, wer hat dir die bloß angedichtet, billiger Fusel hat deine Gene getrübt, in Hygiene bist du wohl auch nicht geübt. Katarzyna Kozyras *Mantelkragen aus toten Hunden*, bei mir bist du falsch verbunden. Obwohl, hier soll irgendwo so 'ne Drecksbraut wohnen, die heißt Patricia Pitz und ist fast so schwer versaut wie du, ruf die mal an, das kann sich lohnen, lass es dir von der besorgen, oder soll ich dir für'n Strick was borgen? Meine Antwort ist negativ, ich bin unterwegs in die Centrum-Galerie, mich als Mannequin verdingen, ne, brauchst mich nicht zu bringen, sorry, Kurwa, is nich', verpiss dich, danke für deine beschissenen Komplimente.«

Damit er nicht erkannte, dass sie selbst Patricia war, rannte sie im Sauschritt nach Hause und schrubbte sich lange die gefallenen Wörter ab. Sie hatte nämlich festgestellt, dass ihr Schoß, so fruchtbar, nach ganz was anderem roch, so furchtbar, dass sogar die Werbung sich in Schweigen hüllt, was nicht einmal die Polen-BILD vermüllt, so ein Verwesungsgeruch, der aus allem, aus Patricia Pitz ihrem ganzen Wesen kroch. Gib's zu, das Leben ist ein Jammertal, ein bitter Mahl, deine große Meisterschaft ohne einen einzigen Pokal, hast du den neuesten Bon ausgeschnitten, hast du alle Superzahlen bekommen, schon deine Coupons gewonnen, 00-910 Warsaw-Passion, 03-555 Warsaw-Fashion, schickst du lieber Bons ein oder sammelst Coupons oder gewinnst Superzahlen, und was ist dein Lieblingspreis? Aber ehrlich mal, das soll die Liebe gewesen sein, ach i wo, das war höchstens die Intro zur wahren Liebe, die später kam und mit lautem Scheppern alles zerdepperte, was sie je gewesen war, Pitz, ihr Wesen, und Patricia.

Du denkst, die Geschichte mit der Pitz, das ist totale Verarsche, ein blöder Witz? Was?! Denkst du. Nicht was, sag ich, sondern ach so, hör mir zu, du klammer Sack, wo warst du, als die Welt vor die Säue ging mit jedem Tag. Du sagst, das ist kein HipHop, sag nicht Hop, das gibt'n Flop. Fucka Fucka über die Arbeitslosen willst du, denkst, ich hab kein Fenster und seh nicht, was draußen abgeht, sehe nicht Polens soziale Situation. Das hier ist Rap, du Depp. Alle leben in der Platte, steh'n beim Amt auf der Matte, die Jugend hat Angst, zur Schule zu gehen, weil andere Kinder ihnen das Geld abziehen und mit ihren Handys telefonieren. Jeder will sich selbst profilieren, ganz allein profitieren, wo krieg ich mein Würstchen gegrillt, wo find ich die fetten Angebote, der Hunger der andern bleibt ungestillt, wer schwach ist, kriegt was auf die Pfote. Viele lungern arbeitslos und darben, Polens Straßen sind soziale Narben, bieten ein Bild der Tristesse, Titelblatt des »Arbeitslosen-Express« oder der »Arbeitslosen-ILLU«, mit Schönheits- und Modetipps für ALG-Empfänger: »Die erwerbslose Dame von heute trägt länger.« Arbeitslosen-Kochrezepten und Kontaktanzeigen: »Langzeit-Arbeitslose aus ganz Polen, studiert, blendend aussehend, den Umständen entsprechend situiert.« Der Hase an Oder oder Neiße weiß auch nicht, was geht, er ist geil und rammelt sein Teil wund. Eigentlich isst du Scheiße, aber der Teller, der ist so schön bunt. Mein Kiez das ist Praga, meine Straße die Okrzei, und dass ich die Wirklichkeit negativ seh, ist meine Gewohnheit seit eh und je.

Yo Mann, ich will keine Haselnuss mit Zuckerguss. Yo, ich werd nicht mit Scheißtypen in einem bewachten Wohnkomplex wohnen. Yo Mann, im Frühling rammelt der Hase, was ist das für ein Lärmen, es sind meine

Nachbarn, die wie besoffene Bienen die Abfalllawinen durchschwärmen. Okay, ich find das nicht dumm, mir geht's nur darum, wie böse Menschen dem Mädchen ihr elementares Selbstwertgefühl raubten, sie entehrten und die Jauche des eigenen Frusts und ihrer unerfüllten Träume auf eine unschuldige Person entleerten. Wie leicht ist die Seele gekränkt, das Papierschiffchen im Kot des Hasses versenkt, und am lautesten kläfften die Kleinsten, die Pintscher, warum? Sie hatten den meisten Schiss und waren dumm.

Immer wieder vergingen ihre Tage, schwärzte beherzt die Regel den Schlüpfer, hinterließ Trauerkerben, Zeichen der Entsagung, wie lange soll's noch dauern, wie lange, nichts stillte ihre Depressionen, den quälenden Liebesentzug, wie stumme Oden, öde Tränen, schrien ihre Perioden jedes Mal »Betrug!« Wie lange noch, das ist die Frage, sie jobbte die Tage bei so einem Blatt, der Vater hatte ihrs besorgt. Dort tippte sie Tag und Nacht Interviews ab mit bekannten Personen, von anderen gemacht, Tonbandgespräche, die nie enden, Nacht für Nacht play and rewind in ihren vier Wänden, phonetische Spuren immer neuen Glückes, einfach märchenhaft. »Schreib, dass ich in der Schwangerschaft an Leber-Cholestase litt«, sagt die bekannte Sängerin. »Schreib, dass sich das als Jucken am ganzen Körper äußerte. Alle Wörter von mir musst du drucken, klar, heute erkenne ich das als Lebenslüge, früher hatte ich schlechte Charakterzüge, heute hab ich keine mehr.« »Ich war auf Drogen«, sagte eine prominente Schauspielerin, »ich hab mich selbst betrogen, heute sehe ich das klar. In der Klinik hab ich mit dem Walkman viel polnischen Rock

»Schreib, dass ich in der Schwangerschaft an Leber-Cholestase litt«, sagt die bekannte Sängerin. »Schreib, dass sich das als Jucken am ganzen Körper äußerte.«

gehört. Das hat mir psychisch geholfen, weißt du, das hat mich zur inneren Umkehr bewogen. Schreib, wir hätten in Bemowo eine schöne Wohnung bezogen, fünfundsiebzig Meter im Quadrat. Leg die Betonung auf Vergangenheit, früher habe ich Starke geraucht, heute rauche ich Superlight. Früher hab ich immer Süßigkeiten gebraucht, heute bin ich sie überdrüssig. Früher habe ich Pillen eingeschmissen, aber jetzt wirkt sie viel größer, weil wir haben die Wände eingerissen.«

Sie betete, dass irgendwas geschehen möge, doch dröge verging nur der Tage eintöniger Trott, oder wie Platon sagt: »Let nurse give you a shot.« Der Farbton änderte von Grau zu Grau sich nur, doch jeder war gleich, es blieb von der Zeit keine Spur, dabei sind die doch heute in Mode, die Spuren der Zeit, ist ja eigentlich nicht unser Leben, sind nur unsere Aufnahmen, unserer Hoffnungslosigkeit Fotografien, Trockner und Sammler sind wir, aus Angst vor der Vergänglichkeit, passieren tut nichts, trotzdem Kamera ab, wir filmen euch, und ihr filmt uns dabei, wie wir euch filmen, wie wir da stehen und nichts mehr zueinander sagen, ist ja egal, schließlich sind wir es, die nichts sagen, sind ja die Eliten, die nichts zu bieten haben, weißt doch, wie das läuft. Keine Spur hier von diesen Nieten. Knips lieber deine Schiete, wenn du sie bittest, guckt sie recht niedlich, warum nicht, das wär mal ein Fanal gegen das Vergessen, deine ist anders als alle anderen, denn du hast was anderes gegessen. Im Raster wird dir Michał Kaczyński eine große Vernissage veranstalten, es gibt in Gläsern Wein, und alle werden stark beeindruckt sein, so originell und kompromisslos werden die Künstler ihren Schiss los. Wollte man Patricias Einsamkeit fotografieren, durch ihre unbewohnte Innenwelt flanieren, Fotoreportage von der Single-Party, zu der niemand kam und wo sie an der einzigen Wand lehnt, sich gelangweilt einen Korb gibt, morgens aufsteht und einsam Leinsamen frühstückt, Milchkaffee dazu trinkt, *Euroshopper*, denn anders als Paweł Soszyński behauptet, gibt es die Marke *GuB* – gut und billig – nicht mehr. Eines Tages aber geschah etwas, ein Sturm in dem Glas, in dem der tote Fisch des Dreitage-Assams dümpelte, ein Wirbel kam in diesen Tümpel, eine Art Tsunami nahm zu, Wunder würde ich das nicht nennen, denn dort an der Weichsel deichseln wir ganz andern Plunder. An diesem Tag wurde Patricia losgeschickt, eine Autorisierung einzuholen, denn das Computersystem der Redaktion spielte an eben diesem Tag verrückt. Deshalb sandte der dusslige Redakteur vom Dienst sie dahin, denn wegen besagten Aussehens hielt er sie für ein bescheuertes Huhn, hier hast du was zu tun: »Stanisław Retro, Super Turbo Straße, Wachschutz, bewachter Wohnkomplex, da gehst du hin und sagst bla bla.« In der Zeit schweifen wir kurz ab zu einer kleinen Extranummer, zwecks Beschreibung von Stanisław Retros damaligem Lebenskummer.

VEB Siekierki, Stanisław Retro spielt den ganzen Tag *Diablo II*, killt hasserfüllt die Bösen, die Welt vom Bösen zu erlösen. Er hat geweint, er kann es nicht fassen, seine Freundin Ewa, wie konnte sie ihn verlassen, er hat es doch so gut gemeint, so gut, die Kräfte des Guten waren doch in ihm vereint. Einen Saustall hat sie zu Hause hinterlassen, er igelte sich ein in seine Decke und weinte wild mit Blick auf das eigene Spiegelbild: Das war er, Stanisław, der gute Blonde, der ehrliche Schwede, was hatte er hier verloren, weshalb war er in Polen und nicht in Schweden geboren, dann hieße er jetzt Hamsun, Vorname Alfred, hätte die reine Britta zur Frau, lebte auf reiner heller Schwedenerde, hätte helle Kühe und ehrliche Pferde. Wie er da durch *Diablo II* navigierte, war er schon beinahe sicher, dass er mental ein Schwede sei oder wenigstens Skandinavier, Isländer oder Norweger. Davon kann nicht die Rede sein, die Wohnung unaufgeräumt, der Traum ist ausgeträumt, die Menschen sind nicht strebsam und gut, und er erwacht heute nicht in Bullerbü und hütet die Küh, sondern in so einem Schweinestall. Alles wegen Ewa, wegen der, wegen der hat er gestern zum Schlafen nicht mal die Hose ausgezogen, weil sie ihm mit ihren dämlichen Vorwürfen den ganzen Abend verdorben hatte, wegen neunundneunzig Złoty – keine Luftballons und keine Sahnebonbons – Złoty! Für das Spiel *Diablo*! »VEB Siekierki und VEB Kawęczyn, bist du normal, oder bist du irgend so ein gemeines Kind von uns, weißt du nicht, dass wir das Geld für was anderes brauchen. Wenn du mal drei Złoty Tantiemen kriegst, musst du sie gleich verrauchen, das ist echt scharf, mein Großvater war Graf, und ich kann mir nicht mal 'ne Abschäl-Maske fürs Exfoliating leisten, ich quäl mich hier in diesem Elend wie im Slum. Weshalb bist du ein Niemand, weshalb sind wir immer klamm mit Geld, du denkst, du bist ein Sänger von Welt, ein Superstar, guck lieber, was im Internet über dich steht, sie schreiben, du bist ein Logenbruder, ein schwules Luder, du bist nur deshalb nach oben gekommen, sonst wärst du niemals aufgestiegen, wozu hast du das *Diablo II* gekauft, du hattest doch auch *Warcraft*, hattest doch *Quake IV*. Sie schreiben, sie waren in einer Klasse mit dir, haben auf dem Gymnasium mit dir gesoffen, du warst der beste Freund für sie, nur gemocht haben sie dich nie. Sie schreiben auch, du bist ein Schwuler und ein übler Logenbruder, und nie im Leben hätte ich geglaubt, dass mich die ganze Zeit ein Schwuler pudert, von deinen Trieben hatte ich ja keinen blassen Schimmer, das macht jetzt alles umso schlimmer.« Und weiter in dieser Leier: »Wozu hast du dir dieses blöde *Diablo II* gekauft, bist du fünf oder erwachsen, wie viel Strom hast du für diese Faxen schon verschwendet. Zählen denn für dich gar keine Werte nicht, nun sag doch was, ich kann nicht mit ansehen, wie du dasitzt und schweigst. Endlose Auen von Scheiße bauen ist unser Leben, wozu hast du dir dieses blöde *Diablo II* gekauft, ich bin so bescheiden, wollte ein Fahrrad und neue Höschen, jetzt hab ich nicht mal was, um mir den Hals aufzuschneiden. Where is the love you promised me, where is it, wo ist sie geblieben, diese große, wie du sagtest, Liebe? Deine elektrisierende Potenz ist zu einem mickrigen Kriechstrom verkommen, an einer Hand kann ich abzählen, wann ich je kam. Früher war's besser, und zwar anders, früher pflegtest du mich noch zu küssen, heute kommst du immer nur müssen, willst ihn mir einfach reinstecken, wie 'ner Nullachtfuffzehn-Muschi, ohne Kuscheln, sexuell bist du die allerletzte Lusche, bist wie ein Elfjähriger, ein Schnellfeger, rein und raus und aus, danach kein Wort zu dem Mädel, worüber auch, der Herr dreht sich um und schnarcht. Tagelang wird dieses blöde Hackfleischspiel *Diablo II* gespielt, nicht existente Monster erschossen, töte lieber den Juden in dir, sag ich, es heißt nicht ›zu‹, sondern ›geschlossen‹. Zittern und Furcht, Kierkegaard Søren, zur künstlerischen Welt willst du gehören, zählst aber gar nicht mehr, früher, da warst du wer in Warschau, und alle schwiegen intelligent, wenn du reinkamst, jeder war betreten vor dir. Heute ist es so, dass keine Sau dich kennt, jeder sagt, du spielst Gitarre wie ein Popcorn-Cowboy, die Lieder auf deiner neuen Platte hast du von *O.N.A.* geklaut, künstlerisch hast du total abgebaut, du bist ein schwuler Arsch, ein Nobody, kein Leader, und was soll ich dagegen erwidern, wo ich auch die gleiche Meinung bin? Wo ist dein Talent hin, wo dein Erfolg und deine künstlerische Erregung, intellektuell kannst du nicht mal deinen Vor- und Nachnamen orthographisch schreiben. Und dabei war mein Großvater Graf, wegen dir bin ich abgebrannt, laufe rum wie vom Schlussverkauf, wie meine eigene arme Tante vom Vorstadtrand. Was guckst du so, du blöder Präser, das hast du nun von der Geschichte, sag mir mal lieber, was es bei dir zu Mittag gibt. Chinatütensuppe mit Makkaronikonzentrat oder tiefgekühlte Pizza? Ich mag andere Gerichte, was kann ich dafür, ich krieg ein Krebsgeschwür, wenn ich mir vorstell', wer das aus wessen Hunden wringt.«

Er ließ sie reden, spielte wortlos weiter, in Gedanken hatte er sich schon vorgenommen, durch das ganze *Diablo* durchzukommen, aber dieser Absatz über die Tiefkühlpizza, der war zu viel. Er riss den Blick von dem Computerspiel und sagte zu ihr, das wusste er noch genau: »DIESE PIZZA MACHST DU MIR NICHT MIES!« Und (klar war das fies): »Ich hab mal gewettet, dass ich Scheiße aufhebe, und habe gewonnen, ich hielt sie so in dieser Hand, schau.« Und er hob die Rechte, mit der er einst sie liebkost und berührt, und zeigte sie ihr. Da war sie angepisst, ich meine pikiert, auch wenn er noch so herzlich lachte, begriff sie nicht, wie witzig das war, trat an die Tastatur und drückte hitzig alle Tasten auf einmal, und der Rechner hängte sich auf. »Bist du denn wahnsinnig!«, brüllte er und machte – *Was bin ich* – seine typische Handbewegung: Schlug sie mit irgendwas, kann sein, 'ne Maus, egal, sie stand schon an der Tür, plärrte ihr Täschchen voll und verließ das Haus. Und so ging das zu Ende, diese große Liebe.

Jetzt wusste er nicht, was tun mit seinem Leben, du kennst den Augenblick nach solchen Beben, wenn du auf den Brandresten sitzt und mit der Hand über der Wirklichkeit verderbte Splitter streichst, wenn du überlegst, ob sich das alles nochmal kitten lässt, dies Schlachtfeld bitterster Vergangenheit. In die Luft geworfen, fliegt jedes Ding, anstatt zu zerschellen, noch eine Weile auf der Stelle, langsam setzen sich die Farben, gewinnt der Saustall wieder Form und beginnt zu vernarben, findet der aufgewühlte Raum im bewachten Wohnkomplex zur Norm. Er hatte keine Lust mehr zu *Diablo II*, wie denn jetzt, er und Logenbruder, er und schwul? Bleib da mal cool, so eine Sauerei, wenn er die erwischt, die im Internet solche bösen Sachen über ihn schrieben, warum beleidigten sie ihn so, warum verbreiteten sie öffentlich solche üblen Lügen? Er und betrügen, von anderen Bands die Soli klauen? Vielleicht war ihm das zuzutrauen, aber nie im Leben von der Kapelle, die Kritik war völlig daneben, eine Entstellung der Realität. Was stört sie denn an diesem *Diablo* so, hat sie gar keinen Sinn für Humor, kann sich keinen Augenblick vergessen und einfach mal spielen, geht der Ernst denn immer vor?

Doch wer hatte ihn so angeschwärzt, wo war der Quell der üblen Weise, mit wem hatte er es sich so verscherzt? Und wieso gerade schwul, schwul war er doch nie nur eine Spur gewesen. So tigerte er wütend durch die Wohnung, fiebernd und hungrig, sie war ja frei und konnte gehen, wohin es ihr passte, aber vorher aufräumen hätte sie können, was er gerade am meisten hasste, war dieser unhygienische Saustall im Haus, Girlanden dreckiger Unterhosen, verbrannter Toast, schimmlige Teebeutel in der Kanne, Schmutzrand an der Badewanne und der Duftstein von *Domestos* abgelutscht im schwarzen Schlund des Klos. Jetzt interessierte sie ihn gar nicht mehr, es war ihm völlig wurscht, dass sie gegangen war, wie naiv von ihm, sich mit so 'ner Flunder zu verbinden, das hatte er davon, kein Wunder, wäre er nur nicht er, sondern ein guter alter Schwede gewesen, ein Knut, ein Hamsun oder wenigstens Alfred und mit zweitem Vornamen Pete. Löffel und Gabeln aus Holz schnitzen, große Fische mit verhangenem Blick fangen aus silbrigem Fluss, am Ufer im fernen Schweden sitzen, jenem schönen und ehrlichen Land. Sonnabends singend zu Markte fahren, Malvenbonbons kaufen mit schwedisch klingender Münze für seine schwedischen Kinder, und seine Frau Linda, so entzückend, so edel und rein, von Ficken würde nie die Rede sein, Kurwa, einfach nur in ihrer Nähe liegen und schauen – wie sie Essen isst, Luft atmet, so aufgehoben in der Ehe, weit, weit weg von diesen fiesen, bösen, unhöflichen Menschen, die auf Internetseiten Lügen verbreiten. Der Mutter in den Schoß zurück, an ihren innern Mund verkriechen, Urgrund riechen – alles wund dort, alles rot, träumst nicht auch du bisweilen vom selbst gemachten Tod? Manchmal lockt das

Ende der eigenen Person, lockt die suizide Perspektive, wenn jemand dich so Scheiße verletzt und gar nicht lieb zu dir ist, wenn die soziale Lage dich entsetzt, das schadhafte Gen der Kinder von Praga. Manchmal fällt es schwer, der Selbstmordneigung zu widerstehen, das *this is the end* zu übersehen. Yo Mann, meinst du, ich bin blind für die Scheiße und weiß nicht, was abgeht in unserem Staat? Yo, Praga Nord, bei Anruf Mord! Yo, wo ich früher gewohnt hab, Powiśle, Yo, der Spirituosenshop Sandra in der Dobra, Yo Mann, der Nachtverkauf *Spirituosen der Welt*, Stoff gegen Geld, in der Jagiellońska, Yo Mann, das Lumpenpack aus dem Mietshaus gegenüber. Yo Mann, Praga Nord, darüber das Fieber der Samstagnacht. Yo Mann, Okrzei, Vater hat Mutter umgebracht, Sohnemann entsorgt sie aus dem Fenster. Yo Mann, Vater hat Mutter umgebracht, Sohnemann hat nur laut gelacht, im Hauseingang brüllen Gespenster, der Tod geht wandern, ein Arsch fickt den anderen. Yo Mann, Jagiellońska und, Yo Mann, Targowska, in der China-Bar kocht der Vietnamese den Neger, Ząbkowska, Inżynierska, stirb oder friss, heute vergess ich die Situationen, da mir das Herz zerriss. Ihn plagt der Gedanke an all diese Übel, da läuten die Glocken an seiner Tür und unterbrechen sein krankhaftes Grübeln. Dass er doch leben muss, wird ihm klar, wenn's nur die Zeugen Jehovas nicht sind! So groß sein Bedürfnis nach Gesellschaft auch war, so sehr er ein Gegenüber begehrte, nach denen verzehrte er sich nicht.

Tatsache, das bisweilen quälende Gefühl künstlerischer Einsamkeit kann sich rächen, das akute Bedürfnis, mit einem einfachen Menschen über irgendetwas zu sprechen, hatte ihn den Zeugen schon einmal in die Arme getrieben. Er sah im Spion zwei sympathische Jungs mit Krawatte und dachte, das sind Journalisten von einem befreundeten Schmierenblatte, die ein Interview wollen, er bat sie herein, schenkte ihnen vor lauter Dankbarkeit *Nescafé* ein. Aber nur bis zur ersten Frage, mein Lieber, die ihm für ein simples Tittenmagazin schon zu verdächtig komplex erschien und aus allzu vielen dreisilbigen langen Vokabeln bestand wie Internet, Terrorismus, Pornographie, Vokabeln wie Ende der Welt. »Jetzt mal langsam, meine Herren, mal halblang«, sagte er schon bang und leicht irritiert, weil er kein Diktiergerät sah, »ist ja wohl kein Grund, sich so abzutörnen.« Doch die schienen, was er sagte, gar nicht zu hören. »Gott handelt niemals im Affekt!«, sagt doch glatt einer der Kameraden. Stan ist perplex. »Gott warnt die Menschen immer erst, weist höflich auf die Strafe hin, die dräut, schauen Sie, lieber Stanislaus, hier ein Fragment der Bibel, zur Illustration.« Und holt doch tatsächlich aus und hebt zu lesen an, wie die Engel kamen, um Loth vor der Strafe zu warnen, und diese Schweine, ich meine, die Kerle von Sodom und Gomorrha, vor sein Haus zogen, weil sie die Engel ficken wollten. »Jetzt gibt's Horror, Loth, sag deinen Gästen, sie sollen rauskommen, wir wollen mit ihnen verkehren, sonst sind sie tot!« Er, Stanisław, überlegte im Stillen, wie schwer zu belehren, wie versaut und böse die Männer schon immer gewesen waren, und die Niedertracht des eigenen Geschlechts nahm ihm den Lebenswillen. Das aber war noch nicht der Höhepunkt der Endzeit, in die sie ihn den ganzen Abend trieben, sondern gerade mal ein Zwischentief. Niemals zuvor hatte er so viel auf einmal über die negativen Wirkungen des Bösen erfahren, über die Hochwahrscheinlichkeit des Armageddon und die persönliche Gefährdung des Menschen. Priester im Verdacht des Völkermords, der Unzucht mit Kindern, die Obrigkeit vertuscht die Affäre, moderne Fangflotten, die ganze Fischsippen ausrotten, ein Priester, verurteilt wegen Trieben und Brunst, steht weiterhin in Volkes Gunst. Schießereien an der Schule, bei denen Lehrer und Schüler sterben, auf den Märkten werfen sie Bomben, die Kirchen werben in den Katakomben für beide kämpfenden Parteien, verseuchtes Grundwasser, zum Trinken verdorben, im Spital wird nach Stunden ein geschlechtsloser Säugling entbunden, ein Down von vier Jahren, der Mongolengift sabbert, wem kann man noch trauen, die Welt ist versifft. Der eigene Bruder erschießt dich, rattattata, mit der Pistole, und der Perle entsteigt ein geifernder Greis, die Welt läuft Amok, die Welt läuft aus dem Ruder, und eines Tages wirst du am eigenen Leib erfahren, wie aus einem klaren Kopf die Zeugen einen wirren machen, so viele schreckliche Sachen führten sie Stanisław Retro, der Nebenrolle dieses Liedes, vor Augen, dass er nur noch vom einfachen Leben in Schweden träumte. Ein schwedischer Prediger, ein lediger Zeuge wollte er werden und ein gutes Leben leben, den Kranken helfen, doch diesen lastenden Alb der Vergangenheit musste er bald unterbrechen, denn es läutete erneut an der Tür, und er hatte nur eine Bitte, dass nicht diese Leute kämen, um ihn noch weiter runterzubringen. Aber das waren nicht sie, es war unsre unschöne Rhabarber-Queen.

Aber Moment mal, stell dir selbst erst im Herzen die strittige Frage, was würdest du tun, wenn der Apokalypse

Reiter dich entführten, dich in einem schwarzen Wolga in den Angst machenden psychischen Keller transportierten. Eines Tages wirst du so 'nem Zeugen öffnen, eines Tages wird das geschehen, bittest du ihn dann herein, lädst ihn zu löslichem Kaffee ein, oder knallst du ihm die Tür vor der Nase zu und bürstest ihn ab mit den Worten: »Mein Bedarf an Endzeit ist gedeckt.« Was sagst du ihnen auf die Fragen nach Weltenstreit und Terrorismus, und was, wenn Engel dich beehrten und deine Nachbarn plötzlich ins Haus stürzten und Geschlechtsverkehr mit ihnen begehrten? Wäre das nicht fatal, wäre das nicht ganz, ganz peinlich?

Sie sagte: »Guten Tag, ich bin von der Zeitschrift, der Redakteur, er hat gesagt, die Autorisierung.« Polonistik-Studium, Boulevardblatt-Praktikum, und wir stellen uns dumm. So stand sie in der Tür, sie kann nichts dafür, den Teint gibt's in der Schminkfibel nicht, Farbton Gammelfleisch, schreiend inkompatibel mit ihren schicken Anziehsachen. Yo Mann, was willst du machen? DTC, Galerie Mokotów und Einkaufszentrum Arkadia, Yo, bestimmt hatte Patricia Pitz bessere Sachen an als er und du und ich, sie war kosmetisch besser dran als wie die Neonleuchte über *H&M*, doch half ihr das ästhetisch? Der Sänger schweigt hier höflich, besser als ich kennst du ihre Klamottenmarken, also stell sie dir gefälligst selber vor, ich klink mich aus. Bevor sie ging, hat sie sich lange noch bemüht, wenigstens einmal Idealgewicht zu erreichen, hat Stunden an der Waage gerückt, bis sie, beglückt von fünfunddreißig Kilo gefühltem Gewicht, und doch betrogen (bestimmt hat schon ihr Schatten mehr gewogen), in den Herbsttag hinaustrat, denn

Herbst war in der Tat. In Praga lag dieser bewachte Wohnkomplex, eh du's merkst, ist schon Herbst, der Wind lässt dich den Pesthauch des Unglücks aus dem nahen Zoo wittern, wo traurige afrikanische Tiere hinter Gittern den ganzen Tag urinieren und Retros Lebensqualität in bewachtem Wohnkomplex ruinieren. Sie nölen: »Nö! Nö! Nö!« Vom Gestank des Urins stieg sein Adrenalin und sank die Wohnqualität in dem bewachten Komplex, wer will schon in einem Appartement mit Aussicht auf das Böse wohnen, das vor aller Augen geschieht? Pfui, davon kriegt man schlechtes Feng-Shui. Scheiße, Mann, alles hinschmeißen, abhauen, und sei's nur nach Deutschland, dort ein dicker Deutscher sein, über schlaglochlose Bürgersteige gehen, mit einer dicken Gudrun oder einem keuschen Gretchen zur Frau, eigentlich geht jede, am besten aber Schwede, Ole sein oder Pete, Fische im Fluss züchten, ihnen den ganzen Tag beim Plantschen zusehen, aus diesem Albtraum hier flüchten. So ordentlich und schick war sie gekleidet, Mensch Kurwa, warum lief er nicht auch so rum, die Leute wären dann anders, weniger kritisch, und hielten seinen Charakter nicht mehr für semitisch. Wozu musste er auch dieses *Diablo* kaufen? Dumm gelaufen, dachte er bitter und zerging in Selbstmitleid und Schmerz, süß drang der Stachel der Vorwürfe ihm ins Herz, aufs Parkett hätte er sich werfen wollen, im Geklett des mehrtägigen Staubes sich wälzen wie ein Schwein, was muss diese Ewa so eine Schlampe sein! Er wollte nicht wissen, welche Jahreszeit war und welches Datum, er wollte nicht wissen, für welches Interview dies ästhetisch kontroverse, aber top gestylte Mädel spionierte, wollte ihre Knie umschlingen und ihr ein Lied davon singen, wie er sein

... der Wind lässt dich den Pesthauch des Unglücks aus dem nahen Zoo wittern, wo traurige afrikanische Tiere hinter Gittern den ganzen Tag urinieren ...

Leben verspielt. Wie er Tiere als Kind zu unverdientem Leid verdammt, Ameisen zerdrückt, Frösche mit Stromschlägen beglückt, Spinnen die Beinchen versengt, bis nur noch ihr Rumpf übrig blieb. Ja, ja, der kleine Stan war gar nicht lieb! Wie er die Jury des Polnischen *ECHO* behumst und sich fast bis zum Preis hochgeschummelt hatte, und wie er auf einer Party von einem anderen Sänger gebumst worden war und die Relevanz des Geschehens erst an verstärkten Symptomen am Day After begriff. Wie Backstage Marcin Rozynek laut einmal sagte, er habe von seiner Platte die Riffs geklaut, und ihm nicht die Hand geben wollte. Wie er einer armen Taubenmutter herzlos die Eier vom Balkon geworfen hatte, wie er heimlich guten alten Rock, *Rose of Europe*, hörte, sich aber öffentlich immer groß empörte, dass das Bockmist sei, den niemand abkann, und einmal für fünfzehn polnische Złoty Scheiße in die Hand nahm. Und Ewa habe er nie geliebt, nämlich die war sogar zum Plätten zu dämlich, nur wegen der Schmerztabletten habe er sich mit ihr zusammengetan, die sie immer bei sich führte, sie wollte seine Gefühle, sein Vergnügen an Spielen sabotieren, Charakter und Neigung manipulieren, ihm seine Lieblingsspiele verbieten, immer nur Streit, doch das ist vorbei, still ruht auf dem Friedhof Powązki die Vergangenheit, steh auf jetzt, Verdammter, wasch die Erde dir aus dem Gesicht, geschenkt wird dir vom Schicksal nichts. Schluss mit den ewigen Schuldgefühlen, wühl nicht im Schnee von gestern, heute ist Silvester. Ella Fitzgerald to see the light beginning. Diesem Ruf gedenkt er zu folgen, ist zwar vom Anblick der hässlichen Braut nicht erbaut, Zeichnung und Züge ihres Gesichts fand er gnadenlos versaut, grausam die Fruchtfolge ihrer Augen, die ihn einsaugen, sehnsuchtsvoll, liebestoll, das Mädchen war für seinen Geschmack vom Teint her ein bisschen wie Taubenkack, wie Fleisch so rot, darin zwei Äuglein wie Schrot, das Haar ein Bündel unbändiger

Draht, pfui, woher hast du bloß diese Verachtung parat? Unheilvolle Stille lauerte zwischen ihnen, die Gelegenheit machte ihm Lust auf Liebe, ins Glied fuhren ihm die Triebe, das Bedürfnis nach sexueller Zerstreuung. Ist ja wurscht, ob sie hässlich war, kann man's vielleicht nur einer Miss World reinstecken, wenn ein Mann so wund ist, wenn böse Menschen dein Talent in Frage stellen, deine Befruchtungsfähigkeit und Musik und wegen des Spielens von *einem* Spiel der Liebe Zweisamkeit zerstören, dann willst du keine Umfragen zur Ästhetik hören, wenn er dir steht und ein Ei das andere drückt, sind Aussehen und Schönheit fiktive Städte eines fiktiven Staates. Ich muss sie ja nicht angucken dabei. Auf die Plätze, fertig, los, ja schau, wie er sich an sie heranmacht, wie möglichst augenschonend er's versucht, was da für ausrangierte Worte fallen, Ramschware, alte Zuckerwatte, klebriges Lallen, als hätte er den Erfolg längst gebucht. Die sagst du dir am besten selbst, meine Worte sind für diesen Ausverkauf zu schade, fade Leidenschaft aus lauen Christbaumlämpchen, für ein Mädchen, das blind ist vor Begehren, second hand love love love, frei übersetzt: ich liebe liebe liebe. Dabei demontiert er schon ihre Hose, sag, ist das vielleicht fair, die Wunden anderer egoistisch zu verhöhnen, in einer Jungfrau blutiger Rose die Kippen der eigenen Begierde auszudrücken? Über so einen Typen, da drängt sich ein hartes Urteil auf die Lippen, darf man mit einem Mädchen so umgehen, sich so einen Jux machen aus des Weibes Bedürfnis nach Akzeptanz und Zärtlichkeit, der finstere Kühlschrank ihres Leibes ist schon zur großen Öffnung bereit, sie denkt: »Ich bin Patricia, und er liebt mich auch, wir gehen uns lieben in den Park, wir gehen nach Schweden, er ist stark, wir werden Kinder haben, ich werde Irma heißen und er Hamsun oder Pete, wir kaufen eine Villa in Lönneberga, mit Wandtapete, und Tennisplätze in Bullerbü, wir kaufen uns Gartenzwerge für den Wald und für den Fluss ein Wasserloch, ich bin Patricia, vor dem Nachnamen werden wir ein *von* haben noch, ich werde Linda heißen und er Hans Christian Andersens.« Dass es ganz anders und dieser Egoist kein Kumpel ist, kommt ihr nicht in den Sinn, dass er Sympathie und Liebe aus niederen Beweggründen nur heuchelt. »Ich bin Patricia, und er wird immer bei mir sein, ich bin Patricia, und morgen geh'n wir wieder auf die Au.« Er denkt an das eine und wendet den Blick von ihr ab, er will es ihr reintun, will es abhaken, das Huhn, denn seit gestern ist er hungrig und sehr erschöpft. Hör zu, du klammer Sack, diese Geschichte geht langsam zu Ende, was hältst du von solchem Egoistenpack, was sagt dein Wertesystem dazu? Das Getriebe der Welt ist doch mit Schweinefett geschmiert, alles ist krank, Selbstsucht und fehlendes Mitgefühl sind das Benzin im Tank, Junge spuckt Junge an und Mädchen Mädchen, das Kind will die Mutter nicht hören, Kraftfahrer überfährt Fußgänger, Motte stirbt im Fliegenfänger, und du stellst schon wieder Fragen: Wie kommst du nur auf solche Ideen, was willst du uns damit sagen? Die Antwort auf diese Frage will ich von dir heute hören. Du meinst, du lässt dich nicht stören, du kannst nichts verhindern, die Not nicht lindern? Dein Kopf ist ein Darkroom, Mann, darin sitzt ein Aschenputtel, das lässt jeden ran, der ihr sagt, er habe Nietzsche mit einem Vorwort von Kierkegaard gelesen. Du hängst deinen Pissstrahl nach dem Wind, trittst die, die schon getreten sind, und willst die Misswahl gewinnen. Hast du heute schon Superzahlen ausgeschnitten? Weißt du, was ich dir darauf sage? Manchmal ist mir alles so zuwider, dann will ich im Traum die Augen schließen und habe plötzlich keine Lider.

Schon hat er sie unter sich, will es mit ihr tun, ist voll bereit und dann doch eher breit und kann irgendwie nicht und fragt sich: Was ist los? Das kann ja wohl nicht sein, das ist ein kranker Traum, ist das jetzt Wirklichkeit oder als Vorstellung und Wille die Welt? Was für ein Eiertanz ist das mit seinem Schwanz, warum steht der jetzt nicht? Warum hat der den Kopf im Sand und spielt kleines Kind? Patricia Pitzens Leib ein finsterer Kühlschrank, zur Öffnung bereit, die Liebe ist zu ihr gekommen, so groß und ach so kurz. Vom Stadions-Wodka benommen, schnallt den wahren Sinn sie der Rede nicht, ein Reinfall, Mann, wie blöd doch Frauen ticken, könnte man nur sich selber ficken. VEB Siekierki, sein Schwanz hat sich in unbekannte Welten geflüchtet, das Köpfchen eingezogen, den Riegel vorgeschoben. Du fragst jetzt, nicht dumm, nach dem »Warum«, die Antwort fällt schwer, mag sein, er hat zu viel Computer gespielt, und diese Impotenz wär dann die Konsequenz davon, dass er, wie im Exzess, stundenlang am Rechner saß und in der Plattenfirma den Stress auch immer nur runterfraß. Und obwohl er sich sehr bemühte, sich auf die Dringlichkeit des Verkehrs zu konzentrieren, rasch die Erektion kraft Willens und Vorstellung von Porno-Sites zu erzwingen und sich wenigstens ein blindes Spermium abzuringen – null Reaktion. Obwohl er seine Rute malträtierte wie eine kaputte Maus, vergiss es, Mann, aus und vorbei, offensichtlich sollte und konnte das nicht sein. Fassungslos stierte er ins taube Öhr des Schwengels, der trist im Wind wie nasse Wäsche hing, lustlos die Hoden, die Hose am Boden wie die zwei Türme des World Trade Center, SOS, bestätigen mit Enter. Ist das jetzt ein böser Traum aus dem falschen DJ-Kuvert, liebst du mich nicht mehr, mein Gott, ist der Saal jetzt leer und singt nicht mehr mit uns, geschah das wirklich, oder kam es ihm so vor? Woher die Stille, war das real oder die virtuelle Welt der Glotze? Du lachst, er ganz im Gegenteil, weiß denn die bleiche Fotze nicht, dass sie was tun muss, steht reglos da wie Kalbsleich im Regal, das Spiel, sie schnallt es nicht, das ist zu viel. Plötzlich ist er nicht mehr ihr bester Freund, sein Blick ist angelaufene Wut, er will es ja tun, nur weiß er nicht wie, die Hände sind herzlos, stinkig der Blick, eigentlich will er es tun, aber wie er dann plötzlich raushaut: »Ich bin Stanisław, und das kommt davon, wie du ausschaust, ich krieg keinen hoch, wie wagst du es nur, mit so 'nem Gesicht unter Menschen zu gehen, was muss noch geschehen? War dein Papa mit dir in Tschernobyl spazieren? Das ist hier keine Grabbelkiste, begreif das, hast du vielleicht gedacht, jetzt gibt's love love love im Schlussverkauf? Wie kommst du überhaupt darauf, dass ich es will, da liegst du völlig daneben, ich bin schon vergeben. Nun komm mal her, zeig dein Gesicht, jetzt ehrlich, es ist hoffnungslos, woher hast du das bloß, kam da jemand nachts und hat es dir angebracht, einfach aufgedrückt? Du bist ja verrückt, siehst nicht, was läuft, du bist so hässlich, dass es einem die Sprache verschlägt, man weiß erst, was geht, wenn einem der Schwanz abstirbt, ich krieg 'ne Bildstörung, wenn ich dich seh. Verzieh dich hier und zieh den Schlüpfer über, mir wird ganz anders, wenn ich den Engpass deines

Arsches seh, ich sehe nur negative Minusse, keine positiven Plusse. Verzieh dich, cancel, verpiss dich, wen hast du bestochen, wen für den Freigang geschmiert? Sorry, Kleine, spar dir die Tränen, nicht meine Schuld, dass du so hässlich geboren bist, gern würd ich dich aus Mitleid töten, aber das wird nicht gut gehen, denn ich kann kein Blut sehen, deshalb sorry, hau ab jetzt, verlass mein Appartement im bewachten Komplex. Guck nicht so, in der Nähe ist ein Zoo, da geh hin, mit den Wölfen heulen, mit den Tölen nölen – ›Nö Nö Nö‹. Ich bin Stanisław, das solltest du wissen, Fucka Fucka Yo Yo, wen hast du bestochen, wer hat dich so angeschissen?«

Sein hämisches Lachen sprach Bände, damit geht diese Geschichte zu Ende. Patricia rannte rasant auf die Straße und kam unter die Tram, es machte Knack, und sie fuhr zum Himmel, in einem schwarzen Notarzt-Sack. Viel wurde geschwätzt, es hieß sogar, ihr Blut habe den Zebrastreifen vom Asphalt geätzt. Da war sie längst verschwunden, niemand hat sie mehr gefunden, sicher schwebt sie Hand in Hand mit Jesus jetzt über die Altäre, Schirmherrin aller Menschen mit verlorenem Gesicht, zerbrochenen Träumen und verletzter Ehre. VEB Powiśle und VEB Patricia Pitz, heute ernährt sie sich von Erde, hältst du sie immer noch für einen Witz? Stanisław Retro fand sein Selbstgefühl bald wieder, verband sich mit einer Poetin aus der dritten Liga und trank im *Café Raster* Latte, sie wirtschaftete gut und blies gern einen, stopfte ihm die Bermudapforz und war mit allen Löchern für ihn offen, unser lieber Stan, er durfte wieder hoffen. All seine Feinde hätten sie mal gern gestoßen, in der Sendung *Tod auf Zebrastreifen* weigerte er sich telegen, die Tragödie zu begreifen, und schrie seinen Schmerz hinaus, produzierte 'ne Platte dazu bei Sony, bekam den Titel *Blazejs Fahrrad* für die beste Single. Du wärst gern er und bist jetzt neidisch, er bekam ein Diplom und ist über Festivals getingelt, kam sogar auf PolSat ganz groß raus. Damit ist diese scheußliche Geschichte endlich aus. Schau: Schon schläft der Mond, die Hände auf der Decke, die Hunde schlafen, Mama schläft, siehst du, wie gut es dir geht, du gewinnst Superzahlen und schneidest Prämien aus, und morgen ist Samstag.

Dezember zweitausendundvier, Polen, Warschau, Praga, Heimat der Versager, Architektur Fin de (»Hier wohnt ihr?!«, fragt Sławek Sierakowski und zeigt auf unsere Wohnung, als wär es eine Drohung: »Mutter Gottes, steh ihnen bei!«). Aber psst, aufgepasst jetzt, da kommt die Jagiellońska jemand angefahren, auf einem Klapprad unbekannter Marke *Kolbe*, die schiefen Räder quietschen, na toll, denkst du vielleicht, wie interessant, doch das bin ich, MC Dorota Masłowska, kritisches Temperament, ich transportiere irgendwelche seltsamen Kisten. Dass man das jetzt nicht als Personenkult verkennt, eigentlich geht es darum, dass vor der Staatsanwaltschaft plötzlich ein Typ einpennt, vom Schlaf übermannt, für eine bewusste Entscheidung geschah das zu rasch, dein Bildnis von dir selbst hält dem Ruf der alkoholischen Wildnis nicht stand, so sehr du dich auch wehrst, verzichtest du gegen jede Gewohnheit auf den aufrechten Gang, dich lockt des Bürgersteigs kühler Schoß, er nutzt seine Überlegenheit, die starke Gravitation, solch ein Beschluss ist in Blitzeseile gefasst, egal ob es dir passt, und ehe du selbst es weißt, saugt dich schon die diabolische Braut, der alkoholische Blackout in seinen schwarzen Strudel, das kommt davon, wenn man sich zudröhnt, sag nicht, du bist das nicht gewöhnt. Kurz und gut, dieser Typ jedenfalls kippte um, auf seiner Hose der Schatten wider jede Etikette gelassenen Harns, denn dass wir nicht in die Hose pissen, das weiß sogar die dümmste Schnalle, derart übereilten Entschlüssen entsagen wir im Alltag alle, aber sag das mal dem vor der Staatsanwaltschaft in der Jagiellońska, der ist schon lange cool kid of death, frostiger Sprössling, dem der Tod winkt, auch wenn er lebhaft nach Pisse stinkt und erstmal gar nichts wissen will von kulturellen Verhaltensnuancen, Schein-Dilemmata, ob es unhöflicher ist, a) zu kiffen oder b) in die Hose zu schiffen.

Und es mag dich mäßig interessieren, doch hier kommt MC Doris, fährt auf dem Rad die Jagiellońska lang, einem Fahrrad unbekannter Marke *Kolbe*, transportiert seltsame Kisten oder welche mit Früchten darin. Sie guckt, da liegt er im Frost, auf rauem Reif sich selbst überlassen ganz steif in beißender Dezemberkühle, die Kinder aus der nahen Jadwiga-Schule zeigen keine Gefühle und lachen den Typen aus, machen unpassende Bemerkungen über das von ihm gelassene Wasser, nutzen, dass er die Augen schließt. Auch eine Passantin will sich sozial engagieren, am Ende kapieren sie und fühlen sich betrogen, wenn es ein Anfall wäre, wenn der wenigstens tot wäre. Ist ja alles erstunken und erlogen, der ist ja lediglich betrunken, das sind hier alle, und ich werd hier gleich von einer Tram gerammt, muss weiter, bye-bye.

MC Doris fährt auf ihrem Klapprad Marke *Kolbe*, wechselt im Stillen furchtbare Worte, die ich nie in den Mund nehme: Penis und Vagina, gern würde sie vergessen, in welch einem schrecklichen Land sie lebt mit dem seltsamen Namen »Polen«, wo sich aus Versehen vergessene

Kriege ständig wiederholen. Wie kommt man da weiter, überall liegt Er Sie Es im Weg, zertrümmertes Glas, hilflose Person, Eiter, Pisse und übler Gestank, mach du jetzt den Seiltänzer, um wegen diesem Säufer nicht Mutterboden zu schmecken, dir nicht die Knochen zu brechen auf glattem Dezembereis und hier im Dreck zu verrecken neben dem Macker. So'n Scheiß. MC Doris fährt, von Bitternis verzehrt: Bist du deswegen in dieses Praga gezogen, um gleichgültige Blicke wie Kränze auf diesen traurigen Altären niederzulegen, diesen gar nicht stillen Leben, Kaleidoskopen und Biotopen der Pathologie, Träume werden hier zur Parodie, leck mich, denk ich und konzentrier mich aufs Lenken. Und wie zur Strafe sehe ich Hausnummer fünf, wie der Alkoholwind meinen Nachbarn Herrn Wojtek von der Straße weht, ein Bild von einem Bandwurm, Magen auf Beinen, der sich dreht, des Alkohols trügerische Ströme rauben ihm die Vertikale, die Erde ruft, wem kann man noch trauen, der Schwerkraft grausame Klauen, räuberische unsichtbare Züge zerren an ihm, chtonische Gottheiten angeln hungrig nach seinen Knöcheln, obwohl er wie Ertrinkende nach Strohhalmen, krampfhaft nach Straßenlaternen, Verkehrsschildern und frei stehenden Gebäuden greift.

Penis, Penis, Titten und Vagi nochmal, sie würde sich gern Jalousien in die Augen bauen, denn ständig klappen ihre Lider auf, ständig verdirbt ihre gute Laune der Reigen sozialer Pathologien vor dem eigenen Haus, wenn doch nur endlich Schluss wäre mit diesem Alkoholismus, wenn man diese engen Gesindehäuser sprengen und Beete anlegen, ordentliche Leute einziehen lassen würde, denkt sie: Penis und Vaginal, wie lange soll sich ein zartbesaitetes Mädel das ansehen, jeden Tag *TV Deine Pathologie*. MC Doris zieht resolut die Vorhänge zu, leck mich, macht sie, und ich frage, woher hat sie die Leidenschaft für Negativprobleme, für graue Schwarz-Weiß-Malereien, diese Dorota, für das Mietshaus im bösen Bezirk Praga Ochota, da beschließt sie im Herzen schon: Schluss mit turpistischen Faszinationen, mit dem Hang zum Hässlichen und den Narben des Lebens, hat denn die Welt nur dunkle Farben? Wie lange soll ich die pessimistischen Ansichten des Daseins noch mehren, am eigenen Busen die Nattern psychischer Nachtmahre nähren? Doch darum geht die Rede nicht, das lasst mal meine Sorge sein, denn wen kann es heute noch rühren, wenn Vater Wojtek auf allen vieren sich von der neonpulsierenden Fata Morgana *Spirituosen aus aller Welt* verführen lässt. Da gibt's nichts zu berichten, täglich ereignen sich ähnliche Geschichten, täglich abends vor dem Laden steht ungeduldig die Schlange nach begehrten Hochprozenten an, stehen die Alkis lange, und jeder brabbelt seine ganz eigene und doch immer gleiche Geschichte: »Ich hab was getrunken gehabt, dann bin ich zusammengeklappt, dann kam ich wieder hoch und ging weiter ... ich hab mich geprügelt und bin eingeschlafen, dann stand ich auf und hab getrunken, und dann kam Wojtek.« Seltsam verwischt sind die Details, doch die Matrix gleicht sich wie ein Ei dem anderen, wie lange kann man sich dafür interessieren und sich beim lieben Gott beschweren, dass seine Fingernägel schmutzig wären?

Sag es heute, MC Doris, Schluss mit dem ewigen Zynismus und dem Pessimismus, Zeit für Gefühle im Plus und Affirmation der vorgefundenen Situation, Schluss mit harschen Noten, mit negativer Kritik, immer die anderen mit grundlosen Anklagen verarschen. Geh doch nach Afrika, da wirst du hören, was es heißt, wenn Schmutz und Krankheiten das Leben zerstören, brutale Bauernkriege und Analverkehr, die Menschen sollten einander ein gutes Wort sagen, nicht ständig Scheiße und ihr coolster Kumpel Kurwa, hast du den anderen nicht mehr zu sagen, MC Doris? Fürchtest du die allgemeinen Orte, die guten Worte? Mädel, was ist, tut es so weh, mal hoffnungsfroh zu schauen, auf der Zukunft Kraft zu bauen?

Du hättest dir bestimmt die Welt viel besser ausgedacht, kein Zweifel, aber der arme Gott, der hat das eben nicht so gut geschafft. Du hättest das vorzüglicher gekonnt, kein Zweifel, MC Doris, aber sag, was tust du einem alten Mann so weh? Schau die lichte Seite der Welt, wo Schatten ist, da ist auch Licht. Schau mal die lichte Seite der Welt, der Schatten ist des Lichtes dunkleres Gesicht.

Dezember zweitausendundvier, Stadt Warschau, Staat Polen, ein übler Stadtteil auf P, hier arbeitet sie im Laden, diese Katarzyna Lepp, um die unsere Erzählung sich dreht, hier nebenan in der Jagiellońska zählt sie das Geld in der Kasse, verkauft Brot, na und? Ist dir das wieder nicht recht? Welche hässlichen und pejorativen Aspekte siehst du darin, dass das Mädchen einem anderen Menschen Brot verkauft, wo große Not herrscht an Brot in manchen kalten Ländern, sie aber schlägt es keinem ab, wenn er auch hässlich wär und stinkend käme, für jeden das gleiche Brot, für alle zum gleichen Preis. Niemand vertreibt dich hier vom Regal, aus ästhetischen Gründen, elitären Kriterien, hier sind alle egal, hast du Geld, sagt dir hier keiner: »Für Sie nicht, für die andern ja.« Katarzyna Lepp wird nicht wegen deiner Konfektion oder weil du schlecht gerochen hast dich aus der Bäckerei hinauskomplimentieren, in diesem Lokal gibt es keine Selektion. Ein Dezembertag ist angebrochen, der Himmel strahlt im schönsten Kellerton »Polnisch Grau«, so psychedelisch ist das Klima seelisch nur in unserer ostig grauen Zone. Yo Mann, Warschau, leise regnet der Schnee, rieselt von den Bäumen das schwarze Laub, spürst auch du den belebenden Hauch des Frostes auf deiner Haut? Und der Neger in seiner Klimazone keucht jetzt, feucht von schwarzem Schweiß, sieht Halluzinationen und Fata Morganen, was für ein Leben, ständig heiß, die Sonne blendet schrecklich grell, für normale Menschen ist es dort zu hell, bei uns sitzt du gemütlich im Dunkeln wie im Keller, sitze ich, sitzest du, sitzet Katarzyna Lepp, entlockt ihrer Kasse des neuen Tages Melodei, lernt fleißig für den Führerschein, sechsmal ist sie schon durchgerasselt, vielleicht hat sie ja diesmal Schwein, sieben Wege sollst du gehen, den Schlamassel überstehn. Na und? Dass das Mädchen eifrig ist und motiviert, den Standard steigert, sein Niveau verbessert, ein Plus im Lebenslauf haben und leichter eine Arbeit finden wird – ist das schlecht, gefällt's dir nicht? Dass sie nicht mehr überall zu Fuß laufen muss, ständig neue Stöckel und Sohlen kaufen, weil die Haartracht im sauren Regen aufweicht, die Farbe des Menschen ausbleicht, die Brauen sich kringeln und die Wimpern ringeln und man danach aussieht wie nach kassenärztlicher Schockelektro- und Massenschmerz-Therapie, aussieht wie die pure Pornographie? Wer will schon dauernd so rumlatschen, Bein für Bein sich durch die Straßen quälen wie im Fegefeuer zur Strafe die Seelen, sich freiwillig biologisch abbauen und sich wegen Hundeschitt keinen Schritt weit trauen, ist das zu fassen? Doch halt, ein Lärm, der erste Kunde tritt ein, Klagen und Quietschen der Tür, erhitzter Münzen Perkussion und Geklimper in geballter Faust – so klein, wer mag das sein, wer will ihr Gebäck und Brot erstehen? Ein kleiner Junge, na und, wieder nicht recht? Problem damit, dass er klein von Statur ist? Ich sage euch: In der Natur ist Kleinsein am besten, großer Wuchs begünstigt Hängenbleiben an tief liegenden Ästen, Möbeln und scharfen Kanten, das hohe Alter macht gebrechlich, nicht froh. Kein Grund zu meckern, auf Pfannkuchen hat er's abgesehen, will Marmeladenfüllung verkleckern, auch süße Leckereien lassen sich hier erstehen. Er kauft viel mehr, als wie er essen kann, viel mehr. Wo hat dieser Piotruś das Geld nur her, solche Marmelade-Delikatessen zu essen, für neunundneunzig Groschen, ein Viertel Euro sind das, in Deutschland kriegst du dafür ein Streichholz und die nötige Reibfläche dazu, in Polen ist man stolz, 'nen ganzen Tag damit zu überleben, so günstig sind bei uns die Preise, klage nicht, preise lieber unsere Lebensweise, und er, obgleich gekleidet wie ein Penner en miniature, Opfer der Damen vom Sozialamt ohne ästhetisches Gespür, kann sich immerhin Pfannkuchen leisten. Gestern Abend bemerkte er mit seinem älteren Kameraden, dass Dreharbeiten in der Inżynierska waren, die Kabelspulen fand er schön und die flüsternden Schatten des Aufnahmeteams, die huschten wie Maulwürfe, Schlangen und Spinnen, die Lichter und Leitern und die großen Titten der schönen Schauspielerinnen. Er lief in einen Wagen, griff sich ein Stück Stoff und rannte damit ins Gebüsch, um seine Freude mit dem Kompagnon zu teilen, der aber wollte das nicht mal ankleiden, zog ihm nur eins über mit dem Cherry-Weinkarton. »Bist du verrückt, du hirnloser Arsch, fährst du auf die Pupenschwuchtelloveparade? Marsch zurück damit!« Und Piotruś trip trip trip mit dem geklauten Seidenfummel in den Wagen, wo eine wunderschöne Dame saß. Und obwohl er erst acht war und sein Piepmatz zwar achtbar, aber gerade einmal gutes Pinkelmaß (klein wie ein Kreidestummel, unter uns gesagt), wäre es doch von Vorteil, dachte er, so eine zu ficken und allen Kumpels zu erzählen, wie er seinen Dicken bei ihr reingeschoben hatte, dass es für sie das erstes Mal war und wie er was da reingeschoben hatte, unten oder oben. Aber Geduld, jetzt erst mal nicht, denn die schöne Dame weinte bitterlich, und das war seine Schuld, denn das Kleid war von Armani original für fünftausend, oder billiger vielleicht, auf jeden Fall immer noch ein teurer Fummel, deshalb der ganze Rummel, außerdem geliehen, ein wenig abgetragen, auch die Suppe war teuer, die darauf gekleckert war. Die Dame konnte sich nicht fassen, wenn auch das Catering noch so lecker war, sie wechselte zwischen Schluchzen und Erblassen, niemand dort vermochte sie zu trösten, nicht der Produzent und auch nicht der sympathische Beleuchter. Ihre Tränen fließen, der Boden wird feuchter und feuchter, schon entfleucht er, der erste Tropfen wie ein rosa krabbelndes Insekt, magischer Realismus, ich weiß, das ist suspekt, das gibt's nur ausgedacht, und deshalb rasch zurück zur Wirklichkeit in ihrer ganzen düsteren Pracht. »War das Ihr's?«, fragt der Junge ritterlich. »Geht nämlich zurückzukaufen. Zweitausend Złoty, abgemacht?« Sie feilschen eine Weile und einigen

… ihre Tränen fließen, der Boden wird feuchter und feuchter, schon entfleucht er, der erste Tropfen wie ein rosa krabbelndes Insekt …

sich schließlich auf zehn PLN, das Schaf ist damit quasi heil, und auch der Wolf hat seinen Teil, kann sich drei Pils und vier Pfannkuchen leisten. Doch der Konsumrausch kann so richtig nicht entbrennen, schon kreisen nämlich wie blaue Käfer die dreisten Wannen, und mit dem Verschwenden der in ehrlicher Aktion gewonnenen Knete ist nichts, doch die Nacht verwehte, der Morgen kommt und Piotruś läuft seine Marmeladen-Pfannekuchen holen. Das ist das Geheimnis dieser Kaufkraft in seiner kleinen Hand, nichts davon ist gestohlen. Na und, wieder schlecht? Nein, nun gib mir doch mal recht, sieh die positiven Aspekte und Seiten der Wirklichkeit: Der kleine Junge mag Süßigkeiten, und richtig, Zahngesundheit in allen Ehren, aber manchmal ist es auch wichtig, dem Kind sein Lieblingsvergnügen zu gewähren, was stört dich am Glück des kleinen Mannes, MC Doris? Karies gut und schön, aber die paar Kalorien wirst du ihm doch gönnen. Mochtest du als Kind denn keine Süßigkeiten? Erinnere dich, was willst du, das sind der Wirklichkeit positive Seiten, und es ist dir wohl bewusst, und das ist es mir auch, dass der Essensverzehr dem Leben und der Gesundheit nutzt. Der Stein wandert von selbst in die Tasche zurück, unser Piotruś ist längst über alle Berge, Gott streue ihm Salz auf seines Lebens Rund, wenn er nur immer Zähne putzt, dann bleiben sie gewiss gesund. Stadt Warschau, Staat Polen, zweitausendundvier das Jahr, was siehst du hier, Penis und Vagina? Schwer zu bestreiten, doch schau heute auf die guten Seiten der Welt, lass dich bewegen zur Affirmation, Schluss mit Zynismus, negativ kritisieren kann jeder, mit dem Finger auf architektonische Mängel zeigen, auf die Wunden der unseligen Vergangenheit und die Unordnung auf den Straßen, ich seh schon das Thema für die nächste Aktion der *Gazeta Wyborcza*: »Ein Staat mit Klasse«. Kämpfen wir endlich gegen die geopolitische Misere und Unterdrückung der polnischen Rasse! Ständig diese Aktionen, diese ewig korrekte Litanei unserer Defekte, immer sind wir die Schlechten, und wo bleibt die Affirmation, der Respekt für das Gute?

Dezember zweitausendundvier, in Polen sind wir hier, in der Jagiellońska, in der Bäckerei, die Ruhe scheint des Vormittags stabile Größe zu sein, da reißt 'ne kleine Dissonanz Lepp Katarzyna aus dem Dösen, oder nennen wir es lieber Testaufgabenlösen, rums – populäre Lautpoesie fürs Türenkrachen, Zeichen eines Eintritts in die Bäckerei –, schon schickt sich jemand, wer immer es sei, an Brot zu kaufen, und jetzt mal ganz Ohr, eine Übung für den geistigen Schließmuskel: Es ist kein degenerierter Lokalmatador, keiner der schmierigen Genossen – was wird messerscharf daraus geschlossen? Es ist jemand, der täuschend dem Sänger Stanisław Retro ähnelt und dadurch Turbulenzen in Katarzynas Kreislauf macht. Nun ist es aus mit der Bequemlichkeit, gleich wird sie sich überzeugen, das ist keine Fata Morgana, sondern leibhaftig er selbst mit allen Organen, das kann keine Täuschung, Collage, Fotomontage sein, es ist der Schlagersänger in Person, ich erzählte das wohl schon, Fernsehstar und Lebenskünstler. Ich weiß ja nicht, jemand hat mir gesagt, der ist ein Logenbruder und finster homosexuell, die Hitparade von hinten und vorne, rauf und runter haben ihn alle schon mal schnell gehabt einschließlich vom Schulpedell dem Kumpel sein Sohn, woher ich das weiß? Von wem schon, von Dunin vielleicht, und während ich hier rede, überwindet in dem Mädchen Katarzyna das Herz die Speiseröhre, wagt sich in die Kehle, lugt aus dem Mund, wie beim Papstbesuch die Menschen aus den Fenstern. Na und, wirst du jetzt sagen, wie negativ, worauf spielst du wieder an, Mädel, was ist schlecht daran, dass eine Person, die im Alltag zum Leben der Grażyna Torbicka verdammt ist und es folgsam auch führt, einen Hang zum Heiligen Vater verspürt, um wenigstens einmal im Leben jemand wirklich Berühmtes leibhaftig zu schauen? Nu lass doch mal jetzt und fang endlich an, den positiven Seiten zu trauen. Katarzyna kann noch nicht glauben, dass sie dieselbe Luft wie Retro atmet, und er denkt so von ihr: »Was für eine prachtvolle Dirn aus dem einfachen Volk, ach, die flach auf die Couch legen, sie auf die Überdecke von Cepelia mit Kurpie-Streifen und kaschubischem Blümchenmuster betten, bumsen verboten, nur füttern und schauen, wie sie existiert.« Zutiefst gerührt ist er vom ehrlich-volksnahen Ausdruck ihrer Augen, und erst ihre Nägel: so lang wie der halbe Finger, Volkskunst in Acryl, und jeder mit einem anderen Muster aus Łowicz und kunstvollen Schmetterlingen. An diesen netten Dingen hat sie eine Woche lang gefeilt. Dass er sein neues Mädchen im Bett gelassen hat, vergisst er, hat auch Zoff gehabt mit ihr, wer was zum Frühstück holen soll, er schlug sie vor, sie aber blieb stur. »Wieso«, sagte sie nur, »wo ich doch gar nicht hungrig bin.« Er darauf: »Mag sein, aber schließlich zahle ich und bestelle die Musik.« Nach kurzem kalten Krieg, in dem er alles sagte, was er von diesem faulen und dummen Weibsstück wirklich hielt, war er höchstselbst zur Bäckerei gegangen im festen Entschluss, Brot nur für sich selbst zu kaufen und nur das Gebäck, das er mochte, in einer Menge, die ausschließlich für ihn reicht, damit sie lernte, was das Wort Liebe bedeutet und dass es keinem anderen Wort in der Sprache der Wirklichkeit gleicht.

Yo Mann, Katarzyna Lepp stammte ihrer Herkunft nach aus Bielsko-Biała. Nach Warschau gekommen war sie wie alle, um als Model Karriere zu machen, notfalls auch Handelsvertreterin oder Hostess beim Catering. In Bielsko-Biała gab es keine Schule von Format, das sollte sich rächen, sie hatte furchtbare Angst, Stanisław Retro könnte jetzt Englisch sprechen. O Jejku, Jesulein, warum nur dachte sie gerade heute, dass die berühmten Fernsehleute alle nur Englisch sprechen? Außerdem sang er im Fernsehen ja tatsächlich Englisch. Verdammt, sie sieht, wie Retro schaut, dass sie ihm gefällt, dass zwischen ihnen zweifellos ein Magnetismus ihrer Körper wirkt, ein anziehendes Gefühl vibriert. Und obwohl man sich auch ohne Worte bestens verstehen kann – dass ihre Freundin Sexualverkehr mit einem Neger hatte, ist Beweis dafür –, sollte man für den Anfang doch ein paar Worte Englisch können, am besten auch gleich verstehen. »How do you do? ... How do you do so much«, probierte sie in Gedanken und beschloss dann endlich, ganz normal zu sagen: »I do you«, den Rest würde sie einfach dazuimprovisieren. So überlegt Kassiererin Katarzyna Lepp, und Sänger Stanisław wählt konzentriert ein Brot aus, denn das Backwerk sollte so beschaffen sein, dass es ihm gut bekäme und seiner Freundin nicht, ihr also im Halse stecken bleibt und sie daran verreckt. Jemand könnte sagen, das sei negativ und schlecht, er handle egoistisch und selbstsüchtig, ich aber sage euch, der Mann ist tüchtig. Von wegen nämlich, dass es wie früher nur eine Sorte Brot gibt, und wenn du Lust auf eine andere hast, dann hol sie dir in abgefahrenen Erotikträumen runter, in unserem Einheitsstaat gibt es nur Einheitsbrei. Diese Zeiten sind vorbei. Es gibt Leute, die haben dafür gesorgt, dass wir heute in einem freien Land leben, und das zeigt sich unter anderem daran, dass wir Dutzende Sorten Backwaren haben, und wenn du das Bedürfnis hast nach einem Brot, das nicht für euch beide gereicht und deiner Freundin zum frühen Tod, dann wisse wohl, dann kaufe keinen frischen großen Laib. Ein Ciabatta mit Zwiebeln wäre da gerade recht, das ist alt und trocken, macht den Atem schlecht, das nimmt sie bestimmt nicht mal in den Mund. Das sind im Grunde die positiven Aspekte der freien Marktwirtschaft. Eh, überleg, du sagst doch immer: Das ist pejorativ und schlecht, hast du denn die transzendente Weisheit mit Löffeln gefressen? Warum so vermessen, dass du alles gleich beurteilen willst nach einem apodiktischen System: Dies darf ich essen, das nicht, ohne Rücksicht auf die Aspekte und Schattierungen der Sache? Für dich ist alles gleich immer ausgemacht, du denkst in infantilen Kategorien: »Mama gib« oder »bäh-bäh«, wie wir als Kinder schrien, aber Produkte gibt's Tausende, und jedes ist besser als das andere oder schlechter, jedes Teil ist auf seine Weise gut, hängt davon ab, wie du's magst. Im Allgemeinen ist das Teurere besser, dafür ist das Billigere geil, also auch wieder gut.

Um aber wieder auf das Ding an sich zu kommen, das Melodram zwischen beiden, die verstrickt sind ins Dornengestrüpp von guten Manieren und falscher Scham, er schämt sich beim Anblick dieser Dirn aus dem einfachen Volk und ist jetzt gar nicht mitteilsam. Verspielt hat er des Lebens tief verborgnen Traum von der einfachen Frau, vom Leben ohne Falsch, ohne Claqueure, ohne branchensimulierte batterielancierte Jubelgören, von der Zweiton-Atari-Melodie des einfachen Lebens,

Eintopf aus knackigen Möhren, von Volkskunst aus Łowicz umgeben, auf prallen Lippen billiger Schminke Grieben, und dem Geruch von gebratenen Zwiebeln, ohne fortgeschrittene Sexualtechniken, ausschließlich

Wie einen Schrank voller gebrauchter Klamotten, voll raschelnder Motten sichtet sie ihr bisheriges Leben, bevor er in ihre Backstube trat ...

angezogen und ausschließlich vaginal zu ficken, weit, weit weg von diesen pseudointellektuellen neunmalklugen Cliquen.

Während er das alles denkt, knirscht in Katarzynas Kopf kaputtes Glas, riecht es verschmort nach schnellen Rechenoperationen, nach Gas, plötzlicher Drang der Versuchung, ihn vor dem Kauf alten Brotes zu warnen, aber wie, mein Gott? »This old«, oder einfach: »this is not«? Die Prozessoren rasen, CAPS LOCK leuchtet, endlos scrollt Neues über ihren Schirm, sie hat ihn immer geliebt und den Rock überhaupt, obwohl im Allgemeinen mag sie lieber polnischen HipHop. Diverse Kapellen drängeln sich in ihrem Hirn, aber sie weiß jetzt, was das Beste sein wird, Englisch wird sie jetzt lernen, in Englisch war sie nie firm, ein Jahr soll er ihr geben, ihr bisheriges Leben war ein peinliches Missverständnis, sie hat einen Freund, doch jetzt die Erkenntnis: Was ist der schon? Rasch, rasch. Wie einen Schrank voller gebrauchter Klamotten, voll raschelnder Motten sichtet sie ihr bisheriges Leben, bevor er in ihre Backstube trat, vom viel zu festen Drücken geht ihr die BACKSPACE-Taste zu Bruch, deshalb nutzt sie ganz massiv die AUSSCHNEIDEN-Option, ausschneiden, ausschneiden, ausschneiden, hat sie's jetzt bald? Sie hat einen Freund, den will sie nicht mehr leiden, ist seit zwei Jahren Wachmann im Biedronka-Supermarkt, gesellschaftlich ganz unten, immer kurz vor'm Infarkt, macht ständig Hatz auf irgendwelche Blagen, um ihnen das geklaute Snickers abzujagen, und das von früh bis spät, nachts wankt er nur vor Müdigkeit, drückt sich mit Glotzen vorm Verkehr, Zärtlichkeit hätte sie gern viel mehr von ihm, träumt permanent von Sex like Cosmopolitan und cosmopolitischen Spielereien, Cosmotricks und Cosmopraktiken, das wär so schön, doch frag mich mal, mit wem. Penis und Vagina, der Kerl hat sieben Bier getankt und schwankt, der pennt ja schon im Stehen, eine Seifenoper, da braucht sie gar kein Fernsehen.

Und seltsam verstrickt in den Wechsel scheuer Blicke, will Retro es zum Kauf des alten Ciabatta bringen und ist auf einmal so traurig, fühlt sich so alt und schwach, er hat zu viel Arbeit, glaub ich, ist ausgelaugt, und wie er diesen Gedanken erneut und wiederkäut, hört er plötzlich der Verkäuferin schwaches Lispeln, als wenn sie Fingertips an Tips bereibt und wispert: »This not. Is old this.« Ganz schön rüde, das Mädel. Penis und Vagina! Klar, vielleicht ist Stanisław wirklich müde und ausgepowert, der Druck, die Konzerte, Autogramme, die Drogen, schlechte Ernährung, das kommt jetzt davon, Halluzinationsattacken, schwere Schizophrenieschimären. Vagina und Penis nochmal, er fühlt sich so seltsam in letzter Zeit, spielt ein bisschen viel das Spiel *Piratenbucht*, danach hört er nachts tatsächlich Stimmen: »Stimmt es, dass anständige Flittchen auf deine Insel schwimmen?« Er dachte schon, er würde spinnen, ihn plagten auch Gedanken über Männer. Im Internet las er oft Meinungen zu seiner Musik, dass er homosexuell sei, bis er sich am Ende selber fragte, ob da nichts dran war. Schließlich hatte er eine Frau und stieß sie, ob die am Ende ein Mann war? Und dann, wie hieß sie? Zweite Ermordung des Hundes, dreiste Weitung des Hurenmundes. Bisher war ihm alles nur Gedankenspiel, doch jetzt hört er wirklich diese Kassiererin zu ihm sagen: »This old.« War er denn völlig durchgedreht? Er hatte Englisch nie gekonnt, immer die Lieder nach Gehör auswendig gelernt, und jetzt kommt hier, echt jetzt, ein Ladengör und haut ihn, Penis im Loch, mit »Alter« an, und er versteht das auf einmal auch noch, obwohl die auch nicht gerade so aussieht, als ob sie Englisch könnte, und vielleicht kommt's dem Zuhörer längst schon so vor, als dauerte das alles viel zu lange, doch keine Bange, in Wirklichkeit war das eine Minute, in der er dachte: Schluss jetzt, die soll mich kennenlernen, mir langt's. Was denkt die sich wohl? Penis und Vagina, ich, Stanisław Retro, reiß mir den Arsch auf und latsch durch ganz Warschau, um Brot zu holen, und die löst Kreuzworträtsel, lackiert sich die Fußsohlen und setzt Speck an, aber echt, Mann. Jetzt reicht's, am Ende nimmt sie auf seinen Namen noch einen Kredit auf und brennt mit dem Drummer nach Bullerbü durch, er kriegt dafür die Winterferien in der Nowowiejska rum, im Delirium, aber das haben die sich so gedacht, Penis, die Rechnung haben sie ohne ihn gemacht, gleich geht er zurück und sagt ihr mitten ins Gesicht: »Raus mit dir, blöde Vagi Titten blöde, wegen dir hab ich im Laden Schizophremie gekriegt.«

Und sie wird keifen: »Ach ja? Und was noch? Woher willst du, ich meine, weißt du, dass das wegen mir war?« Wer schuld ist, werden sie bis abends streiten, bis in die Nacht hinein, der Leser muss das nicht begreifen, seine Sache ist das nicht mehr, das weitere Was und Wie dieser abstrusen emotionalen Epilepsie, denn jetzt begibt sich Stanisław, nachdem er das Banale des Bezahlens geregelt hat, eilig nach draußen. Sie wirft ihm einen sehnsuchtsvollen Blick hinterher, war vielleicht ihr Akzent zu newyorkisch, zu schwer, oder war das, was sie sprach, überhaupt kein Englisch? Den Rest des Tages wird sie sich mit solchen Gedanken quälen, weshalb war sie so uneloquent, wieder eine Chance verpennt, und wird sehnsüchtig die Tür beäugen, denn dort draußen ist er irgendwo, nicht wahr? Penis und Vagina, wieso wollten die Schlümpfe sich nicht in Gold verwandeln? Du willst das gleich pejorativ bewerten, was hast du gegen Stan, dass ihm stickig war und er mal an die frische Luft gegangen ist? Von der Wirklichkeit Glanz lasst uns heute sprechen, nicht ihrem Elend, sag selbst, es ist doch quälend, sich ständig in geschlossenen Räumen zu bewegen, statt die Glieder an der frischen Luft zu regen. Luft ist gesund, eine banale Wahrheit, ja tut mir leid, aber Atmen wirkt Wunder auf des ganzen Menschen Leben, denn im Grunde ist zu atmen nie vergebens. Wenn dir diese Philosophie des Atmens nicht gefällt, dann guck mal deine Anatomie, stopf dir Lappen in den Nasengang und laufe so die Straße lang, da wirst du sehen, wie wenig Trost das Leben bietet, wenn dir die Luft ausgeht, wie traurig du wirst und depri und abschmierst. Wir kommen damit zur fundamentalen Frage des Lebens, der Affirmation und Approbation von Atmung und Luft, viele reale Vorzüge hat die Aspiration, denk an den Duft. Penis und Vagina, dass du mir hier nicht vorwirfst, dass du anderen keine Depris mehr andrehst, du Scheide, die Verkehr gehabt hat.

Denn du hättest dir bestimmt die Welt viel besser ausgedacht, kein Zweifel, aber der arme Gott, der hat das eben nicht so gut geschafft. Du hättest das vorzüglicher gekonnt, kein Zweifel, MC Doris, aber sag, was tust du einem alten Mann so weh, er hat es doch wirklich nicht gewollt. Schau mal auf die lichte Seite der Welt, wo Schatten ist, da ist auch Licht. Schau mal die lichte Seite der Welt, der Schatten ist des Lichtes dunkleres Gesicht.

So vergeht der Dezembertag in der Jagiellońska, Architektur Fin de, Regenbogen aus Abgas, Sonne und Ekel, Hauptstadt Warschau, Staat, schätz ich mal, Polen. »Hier wohnt ihr?«, rief Sławek Sierakowski, als wollten wir ihn verkohlen. Penis, Vagi, Titten, es kann doch nicht wahr sein, die Zeit vergeht, und Katarzyna hat nur ein angetrocknetes Ciabatta und vier Pfannkuchen verkauft. Die Kunden stürmen den Laden, und jeder Kunde ist seine eigene Doku-Show, nur Katarzyna ist heute nicht wirklich froh, ihr geht das heute auf den Sack, das ganze Kundenpack, deshalb vielleicht, weil das Glück ihr so zum Greifen nah und doch entgangen war, immer öfter sah sie plötzlich wieder diesen hypnotischen Ausdruck in seinen schönen Augen, die den Schlaf ihr rauben, er muss sie ja nicht gleich lieben, aber weiß die Scheide, wo ist der jetzt so plötzlich abgeblieben. Gottelchen mein Gott, und das Outfit! Die Mode! Die Jacke und die Hose, die Schuhe auch im gleichen Maß, bestimmt ein tittenteurer Spaß, die ganze Vagina. Sie hätte gewusst, wie sie dazu passend geht, und zwar in Jeans, der kurze rote Pulli und ein Einkaufsnetz in passend Rot, dazu ein Basecap, doch was zum Knäckebrot führt diese Alte jetzt in ihre Bäckerei, die in der Targowa wohnt und jeden Tag ankommt. Fünf Haare hat sie auf dem Kopf, eins vorn und zwei an jeder Seite, unterhält sich den ganzen Tag bis spät mit ihrem Fernsehgerät, und wenn das die Antwort zu lange schuldig bleibt, kommt sie Kasia in der Bäckerei besuchen, einfach so zum Gucken, Tratschen, Kuchenkrümel von der Theke Naschen. Meist erzählt sie, in welchem Winkel nachts der Schnee fiel und was ihr durch ihr Guckloch nicht gefiel. Lass die Alte ruhig weiterreden, Katarzyna Lepp stört das normalerweise nicht, es vertreibt geradezu die Wartezeit bis Ladenschluss und versetzt dem Alltagseinerlei 'nen Schuss Dramatik. Heute aber bringt es sie ein bisschen aus dem Gleichgewicht, was weiß ich, des kleinsten Raschelns fünfbändige Historienschinken, große Etymologien jedes Geräuschs im Treppenhaus, wer musste nachts noch raus, wer war da zieh'n? Was Sie nicht sagen? Sie hat nachts ein Klopfen gehört, also stand sie uff und ging rasch uff'n Balkon, sodass sie sehen konnte, was da war, aber niemand sie sah, und mein Gott, was da geschah, da ging so einer und trat glatt gegen eine Dose! Oh Jesus in Bethlehem! Und sie im Hemd! Schnell ins Bett, sie betete und trank ein ganzes Nervokardiol und Biovitul, lebte aber noch und hörte alles, was danach geschah, um viertel Vier fuhr'n welche Herrschaften mit so 'nem Skoda, aber bevor sie noch ans Fenster war, da war der Skoda schon weg wie die Gespenster. Also legte sie sich wieder hin, doch da roch sie so einen so komische Art Geruch, also begann sie zu suchen, was denn da so roch irgendwie, und das war so kleens Stücksche Gulasch vergammelt in der Ritze von ihre Kautsch, wo sie hatte.

Nü, so war das gewesen, und bis in die Früh hat sie kein Aug mehr zugekriegt. Grapefruhts, die gab's heut im Laden an der Ecke, aber da muss man jetzt achtgeben, weil in *Fakty* hat sie heut gelesen, dass sie die Löcher in den Grapefruhts jetzt mit *Jaffa*-Stickers überkleben. Und

... jedem von ihren sieben Würmlein hat sie eigene Namen gegeben und trägt jedes einzelne im Herzen und weiß alle sieben auswendig in der Reihenfolge, wie sie zu Engeln wurden ...

ihre Tochter, die wo nebenan wohnt, ist ein billiges Flittchen, aber der Sohn ein guter Junge, Wachmann oder in Gocław ein Barmann, und zwei hatte sie noch, das waren Fehlgeburten, aber Ausschabungen waren's sieben, denn ihr Alter, wenn der betrunken war, hat der's ganz übel getrieben. Nü, die sind nicht übrig geblieben, aber jedem von ihren sieben Würmlein hat sie eigene Namen gegeben und trägt jedes einzelne im Herzen und weiß alle sieben auswendig in der Reihenfolge, wie sie zu Engeln wurden, mit Datum der Abtreibung.

»Hat eigentlich gerade nicht der Anfang von Denver Clan begonnen?«, fragt Katarzyna und tut ganz geschickt so, als ob sie auf die Uhr blickt. »Oh Jesu, und ich verplauder mich hier«, schreit die Alte, knallt die Tür, schon ist sie weg.

Jetzt steht Katarzyna da und denkt versonnen an das Lebensglück, das sie schon am Zipfel hatte und ihr doch entronnen ist. Sicher kennst du dieses Gefühl, dies jähe metaphysische Glück, dass wir alle hier leben, wahnsinnig simultan, will sagen, während Katarzyna dort ist, kommt MC Doris hier auf ihrem Fahrrad Kolbe an, transportiert seltsame Kisten oder Kartons auf der Jagiellońska, der Eskimo sammelt Schnee, fängt Fisch, und Britney Spears in Amerika auf ihrer Ranch harkt Herbstlaub und verbrennt es, bevor der Winter einbricht, irgendwo weint, irgendwo seufzt ein Mensch, jemand schneidet Löcher in Grapefruits, und dann gibt es noch eine Anzahl Menschen auf der Welt, eine Million oder Milliarde, eine große Zahl ist es allemal, und dazu die Neger, und jeder von ihnen existiert simultan, und zu ihnen gehört auch Stanisław Retro. Ja, sie verspürt jäh ein Gefühl, das Hals und Gesicht ihr schier zu zerreißen droht, auch andere Röhren, so einen Stolz, dass sie zusammengehören, dass sie mit ihm in einer Welt zusammen lebt. Sie war vielleicht nicht seine Freundin, aber schließlich immerhin, wenn sie Pipi oder mitunter Aa macht, dann fließt das dieselbe Weichsel mit runter wie seins, und das verleiht ihrer Existenz, kannste sagen, doch eine spezifische Exzellenz und einen Rang von erheblich größerem Maßstab!

Egal, es ist ja schon spät, zweitausendvier das Jahr und Dezember, wie oft soll man das dem armen Leser eigentlich ins Gedächtnis bläuen? Du denkst schon, hier passiert nichts mehr – Scheiß mit Soße, du wirst es bereuen. Allerdings, es haut ja keinen vom Hocker, das geb ich zu, was Katarzyna Lepp über das Wesen des Dings an sich phantasiert, über die wundersame Simultanität menschlichen Seins, mein Gott, wie erhebend, wie simultan ist doch das Menschenleben! Sei's drum, der Tag ging schneller als gewöhnlich rum, ein bisschen Verkauf, Kontemplation, ein bisschen gemischtes Gefühl, und was sich da anbahnt, kann der Leser noch nicht ahnen: Der Abend naht, im Winter sind die Tage nämlich kürzer, und das zu Recht, doch da auf einmal, plötzlich, Mann!

Mann! Ach du Penis Vagina, verdammt! Durchs schmutzige Geröchel der Straßenlaternen, der Fabrikhallen Gebell, der Gasleuchten Gezischel, durch das diverse tägliche Geknäuel überschreitet plötzlich die Bewusstseinsschwelle einer Polizeisirene apokalyptisches Geheul, o Gottelchen, Gott, was ist passiert? Was ist da los, was soll das geben, Katarzyna Lepp rennt ans Schaufenster, wichtiger als ihr Leben ist ihr die Unversehrtheit dieser Scheibe, denn im Falle einer Revolution oder einfach nur banaler Randale mit Scheibenschmeißen wird sie die

Jalousie herunterreißen, wird sich fest gegen das Fenster stemmen, der Chefin zuliebe, so heldenhaft sind ihres Handelns Ursachen und Triebe. Sie weiß ja auch nicht, zwar blinkt gefährlich das Blaulicht und jault die Sirene, aber was kommt jetzt für eine Szene? Statt eines hals- und beinbrecherisch rasenden Gefährts sieht Katarzyna mit dem Charisma von einer Egelschnecke einen Polonez um die Ecke schleichen, sie baut sich auf, sie wird nicht weichen, doch was geht hier vor? Sie weiß es nicht, ich aber weiß es und verrat es euch, das ist das Primat des allwissenden Rahmenerzählers, dass er als von wenigen einer hier die wahren Gründe für diverse Dinge kennt. Auch für das geringe Fortkommen dieses Fahrzeugs, das vor circa einer Stunde vom Kommissariat wenige Straßen weiter aufgebrochen ist, langsamer aber fährt, als wenn es angehalten hätte, vielleicht sogar langsamer, als wenn es rückwärts führe, mit einer so geheimnisvoll langsamen Gangart und so wenig schwindelbereitenden Geschwindigkeit, dennoch mit Blaulicht. Warum aber hat es keine Eile, welche dunklen Geheimnisse rauben ihm Wendigkeit und Tempovorteile? Vor circa einer Stunde ging auf dem Kommissariat der Anruf einer Frau ein, sie rief die Polizei ganz offensichtlich aus einer mangels anderer Auswege hervorgerufenen Not, denn am liebsten hätte sie gleich den lieben Gott und Jesus Christus zusammengetrommelt, sie sollten kommen und etwas tun. Weil die Sache war die, dass in der Brzeska-Straße sich die Trinker prügelten, denn die Befürworter von *Cherry*-Likör, stellt sich heraus, hielten sich für was Besseres als die Anhänger von Brennspiritus, und das geht ja wohl nicht an, dass sich immer jemand grundlos aufspielen muss. Außerdem degustibusnonestdisputandum, wie Platon

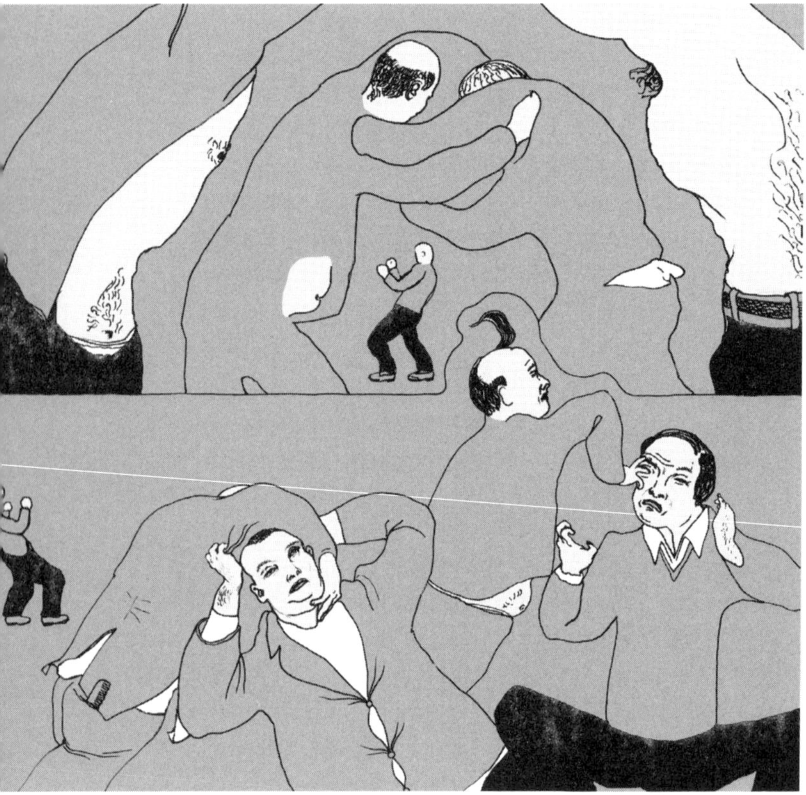

… die Sache war die, dass in der Brzeska-Straße sich die Trinker prügelten, denn die Befürworter von *Cherry*-Likör, stellt sich heraus, hielten sich für was Besseres als die Anhänger von Brennspiritus …

sagte, da sind welche, die haben gemacht, dass wir in einem freien Staat leben, mit freiem Handel, jeder wählt hier seinen eigenen Lebenswandel, wozu also wetzt man dort die Messer, die einen sagen »unseres ist besser«, die anderen »unsers billiger«, und wieder andere, unverdrossen, haben das schlagende Argument »unsers ist unsers«. Um die Selbstfindung wurde Blut vergossen in der Brzeska, und eben hatte ein Dritter im brudermörderischen Kampf bitter die Brüchigkeit seiner Person erfahren, es flogen Splitter. Eine Dame rief an auf dem Kommissariat, deren Mann, Sohn und Schwager dort für die Ehre des Brennspiritus fochten, während ihre zwei Brüder lieber *Cherry* mochten. Hätten sie wenigstens auf einer Seite der Barrikaden gekämpft, hätte sie vielleicht bei der Polizei nicht angerufen gehabt, denn die Zahl der Familienmitglieder soll mal hübsch überschaubar bleiben, einer hier (mehr) oder da (weniger) macht den Kohl nicht fett, zumal sie schon wieder, ich wett, schwanger war, aber warum nur treten sie gegeneinander an in gegnerischen Gefolgen? Das sei wieder der beschissene fehlende Zusammenhalt in der immerhin doch gläubigen Familie, meinte sie, also ging sie die Polizei anrufen – Hallo, Hallo –, denn Schwager Mann und Sohn waren am Verlieren. Dort hieß es, man komme schon, aber die Zeit ist vergangen irgendwie, gekommen ist aber noch keiner nie, ist das nicht seltsam, hallo? »Hallo! Was ist mit der vor einer Stunde losgeschickten Streife? Hallo?«

Sie fährt, etwas schläfrig vielleicht, aber sie dreht seit gut einer Stunde in Praga mit Blaulicht ihre Runde, umkreist die Plätze mit malerischem Schwung, penetriert kleine Gassen, warum? Wegen des Anspruchs auf Reinlichkeit, den Beamtenanwärter Karol Korzeń, ledig, erhebt. »O Penis Titten und Vagina, heute ham wir echt Pech«, sagt Karol Korzeń zu Adam Grociński, seinem Kollegen im Anwärterstand. »In der Brzeska gibt's ein Gemetzel, wozu gleich und sofort, nicht was du denkst, aber mir tut's ehrlich ein bisschen leid um meine Uniform, ist gerade frisch gewaschen, sag doch, verflixt und vaginochmal, Adam?« So fahren sie in diesem Wagen mit Blaulicht, und Adam, gleichfalls ledig: »Klar, Alter, ich versteh dich, lass uns warten, bis sie ausgeblutet sind, und wenn das penisdick geronnen ist, haben wir schon viel gewonnen, dann kommen wir ganz schnieke an und ohne Flecken.« »Penis vaginal, nämlich du ziehst dich ordentlich an, und gleich haste wieder Flecken drauf.« »Genau, da fahr ich jetzt mal langsam weiter um die Ecken, so in diesem Dreh.« »Und gerade aus diesem Reflex da, weil das ist so eine Art Crash oder Orthalion, und wasserdicht ist der vielleicht, aber Blut geht da nicht raus. Vanish sagen sie, aber Vaginal Shit sage ich dir. Gut sieht das nicht aus, komm mir nicht mit dem beischlafenden Vanish.« »Ja eben.« »Und da gibt's so eine Art Chlor, so'n Einweicher oder Bleicher.« »*Chloran* oder irgendwie so jedenfalls heißt er.« »Aber weißt du, ich frag mich manchmal, die tragen ja penisdick auf in dieser Werbung. Da gibt's so 'ne Waffel, ganz lecker in fettem Glanzpapier, und ausgewickelt ist das'n bescheidenes Scheidenteil mit was Weißem drauf, da sag ich dir: Hier stimmt leider was mit der Realität nicht, Alter.« »Penis, so groß in der Reklame, und wenn du's auswickelst, guckst du, ist irgendwie kleiner als der, wo sie gezeigt haben.« »Wie der, ich sag mal nicht von wem.« »Die führen die Leute ganz schön am Penis herum, verkaufen sie für dumm. Gibt wohl auf der Welt keine objektive Wahrheit mehr, und weißt du, warum? Weil nämlich die Leute lügen.« »Aber mich kannst du ja von klein auf mit Süßigkeiten kriegen.« »Sirene bisschen runterdrehen, du, ist ja penislaut, und

So fahren sie in diesem Wagen mit Blaulicht, und Adam, gleichfalls ledig: »Klar, Alter, ich versteh dich, lass uns warten, bis sie ausgeblutet sind …«

mal sehen, was die im Funk da wollen.« (»Jungs, seid ihr im Anrollen?« »Vagi nochmal, was soll die Frage?«) Und so fahren sie immer langsamer, immer öfter biegen sie ab, und obwohl die Prügelknaben in der Brzeska es längst überhaben und dort niemand mehr den aufrechten Gang übt, tja, was willst du, bring mal jemanden dazu, sich freiwillig die Uniform vollzusauen, so einen Freier findest du auf dem ganzen Landstrich nicht. »Weißt du nämlich, das Böse geht mir gegen den Strich«, sagt Adam Grociński. »Das Böse, die Lüge mag ich nicht, ich fahr nicht gern zu solchen Gemetzeln.« »Ich auch nicht«, sagt Karol Korzeń. »Ich mag's nicht, wenn die Leute Scheiße bauen, wenn sie was klauen, wenn die einen die anderen ermorden, aber bring denen mal bei, dass sie das lassen. Das müsste im Bildungssystem gelernt werden, in diesem PISDA da.« »Aber hör mal, nämlich heute früh hab ich was gelesen, in den *Fakten* oder wie diese Beknackten heißen, dass sie jetzt Löcher machen und mit solchen Jaffas zukleben bei diesen Grapefruits, Bananen und so.« »Das sag ich dir, mit diesen Grapefruits, da tragen die ganz schön tittendick auf, Penis und Vaginal. Es gibt so viel Böses, Karol, das ist wahr, sehr viel Böses gibt es auf der Welt.« Und so fuhren sie mit Blaulicht ganz langsam in ihrem Wagen, die Leute sahen sich erschrocken um, sie dachten, jetzt geht es ihnen an den Kragen. »Wärst du nicht vielleicht ein bisschen hungrig?«, fragte Karol Ecke Jagiellońska. »Ich würde mir so 'ne Schnecke mit Zuckerguss reinziehen oder auch solcher Art Kuchen.« »Ich wär jetzt eher für Richtung chinesisch, 'ne krautige Saigonrolle wär jetzt was Tolles.« »Ich hab hier 'ne schicke Bäckerei mit 'ner schicken Schnecke hinter der Theke, aber richtig Hunger hab ich eigentlich nicht, nur mal eben so was zwischen die Backen schieben.« »Dieser schnieke Parkplatz kommt ja wie gerufen.« »Sirene lass mal besser an, weißt du, schalt mal lieber nicht aus.«

Dezember, anno zweitausendvier, Stadt Warschau, polnischer Staat Polen, was geht hier ab?, fragt Katarzyna in sich selbst hinein, rückt rasch noch die Lider auf den Augen zurecht, was wollen die zwei Herren Polizisten, die sich da so stürmisch nähern? Wissen tu ich erst mal für alle Fälle gar nichts, und sagen tu ich auch nichts, und hab mit überhaupt nichts was zu tun, und im Falle eines Falles können sie mir eine kleben, aber wissen tu ich nichts, gesehen hab ich nichts, und sagen tu ich auch nichts, weil zu der Zeit hab ich nämlich hier woanders hingeguckt gehabt. Ob hier irgendwelche solche vorbeigekommen sind? Womöglich schon, da hab ich aber grade etwas aus dem Regal genommen, Penis vaginal. Indes fand Adam an Katarzyna Gefallen, schicker Splitter das, der Bauchnabel gepierct, langes Haar, das mag er bei Frauen. »Guten Abend, hallo, guten Tag, polnische Polizei, ich und mein Kollege würden Sie gern mal fest nehmen, ei, ei, war doch nur ein kleiner Scherz, du vaginale Titte. Zwei Hefeküchelchen bitte für mich und meinen Kollegen, wir haben hier nämlich um die Ecke einen dringenden Einsatz und hätten uns vorher noch gern 'ne schnelle Schnecke angetan.« Adam fand Gefallen an Katarzyna. Denn im tiefsten Grunde ist jeder von uns einsam, die große Pilgerfahrt zu seinem innersten Tschenstochau macht er allein, obschon umtost von tobender Menge, in der Hand einen Strauß zerknickter Blumen und letztjährigen Grünzeugs. Einmal holte er sich einen Kater, aber dieser Sohn einer Scheide pisste in die Ecken und das miefte, wer soll das sauber machen. Das Problem ist gar nicht der Sex, der Sex lässt sich auf eigene Weise relativ gut lösen. Wichtig ist auch nicht das Geld, sondern die Liebe und die Existenz des Guten in der Welt. »Bei mir hat heute hier dieser Stanisław Retro gekauft, der wo auf *Radio Zet* in der Hitparade läuft ...«, sagt Katarzyna. »Wir haben natürlich nur Englisch gesprochen ausschließlich.« »Aber warum denn jetzt nur Englisch?«, fragt Karol Korzeń verdrießlich. »Weiß nicht, irgendwo habe ich, glaub ich, gelesen, dass der Logenbruder ist.« »Loge hin und Bruder her, Doktor Vaginal, ich bin der Adam, und das der Karol.« »Aber mir bitte so eine mit so mehr Glanz, und der Kollege mehr was leckres Vaginales«, aber bitte sehr, darf's etwas mehr sein? Es plauderte sich angenehm, auch wenn die heulende Sirene mit ihrem Höllenlärm ein wenig sie behelligte und irritierte, bis sie sagten: »Jetzt pass mal auf, es ist ja schon halb sechs, kommen Sie mit uns, Fräulein Katarzyna, wir juckeln jetzt ein bisschen durch die Stadt. Was heißt hier: ›Kann ich nicht‹? Wer kann nicht?! Das ist hier der Adam, und ich bin der Karol, wir sind die Polizei, wir werden dir gleich was von wegen kann nicht oder kann ich doch, Penis Titten, Penis, du kommst ins Loch, wir verhaften dich gleich und bringen dich weg, und die Herren in der Brzeska sollen ihr Übervölkerungsproblem in Ruhe unter sich ausmachen, Penis, Punkt und Kreska.« Jetzt muss Kasia mal in Ruhe überschlagen, ohne Scheiß jetzt, man muss doch sagen, es ist ja wohl kein Schwerverbrechen, den Laden heute mal früher zu schließen, man muss das Leben auch 'n Augenblick genießen. Sie nahm ein paar der leidlich frischen Kuchen und ein paar Brötchen, die schreibt sie später als runtergefallen ab, damit sie nachher nicht danach suchen und es keinen Knatsch gibt mit der Chefin, keinen mentalen Zoff, denn verdammt, wozu streiten, ich sag's zum zigsten Mal, tear down the wall of

Pessimismus, wozu die negativen Seiten der Wirklichkeit, in unserem Spiel gibt's keine zweite Halbzeit und auch kein Nachspiel nicht, noch rasch gelächelt zum Gruppenfoto, Ergebnis fürs Toto, gleich ziehen sie uns vom Rasen ab und tschüss, denn dieses Spiel hat keine zweite Halbzeit und kein Nachspiel nicht. Höchstens kannst du später flüchtig bei deinen Liebsten in durchsichtiger Verfassung vorbeischauen, da erntest du großes Geschrei, aber wenig Begeisterung, da bist du bald abgeblitzt, denn der Mensch mag es, wenn auch sein Nächster Körper und Gravitation besitzt. Obwohl, diese grundlose Diskriminierung verstößt gegen das Recht der EU, Leblose und Verstorbene sind Menschen wie du. Ein tolles Thema für eine Aktion der *Gazeta Wyborcza*, denn dass du nicht lebst, heißt noch lange nicht, dass du was Schlechteres wärst. Schluss mit der Diskriminierung der metaphysischen durch die physischen Personen! Sterben muss sich wieder lohnen! Für die Gleichstellung der Verstorbenen, eigentlich ist jeder verschieden, doch sind wir alle Brüder hienieden! Klar, nimm heute die lichten Seiten der Wirklichkeit wahr, sieh nicht alles so schwarz: Schluss mit dem schwarzen Apokalypso-Eis und den schwarzen Titeln des Verlages *Czarne*.

Nichtigkeit über Nichtigkeit siehst du hier, du hättest dir die Welt gewiss viel besser ausgedacht, aber der arme Gott, der hat das eben nicht so gut geschafft. Lass es nicht zu, dass einem alten Menschen Unrecht geschieht. Schau mal die lichte Seite der Welt, wo Schatten ist, da ist auch Licht! Schau mal die lichte Seite der Welt, der Schatten ist des Lichtes dunkleres Gesicht.

Dezember zweitausendundvier. Das schockt den Leser jetzt vielleicht, doch es ist Zeit, wir sind am Ende der Geschichte, man sieht noch den städtischen Alb verglühen, der Straßenlampen stachlig gelbes Kleid, der Lichter Wahn, an der Weichsel sehe ich den Streifenwagen mit

Die alte Frau brät sich blaugelbe Bonbons aus Zucker und Wasser …

Blaulicht stehn, die Wirklichkeit hat ihre positiven Seiten, du musst sie nur sehn. Seltsam versunken lauscht Anwärter Karol Korzeń dem Sirenengeheul, Straßenbahnen bahnen, Dinge dingen, Züge ziehen hier vorbei. Suchend schaut Adam091Grociński sich um nach Dornen und Zweigen, einen Kranz will er flechten, dieser Ladenhüterin seine Liebe zeigen – Katarzyna Lepp, genannt Kasia, die sich eben ihr Make-up angelegen sein lässt und sich zum Nachziehen ihrer Züge im Rückspiegel mustert. Ihr Abenteuer mit dem Liedermacher Stanisław ist längst vergessen, der nie etwas für sie bedeutet gehabt hat. Vielleicht unternehmen sie am Wochenende was, sie und ihr Adam, fahren ins Schwimmbad, oder sonst was, was Sinn hat? Die Simultaneität der Welt, Penis und Vagina, Warschau, der kleine Piotruś, du weißt doch, der mit dem Kreidestummel, der mit dem Seidenfummel, träumt jetzt zu Hause einen grauen Traum aus Pappmaché im blauen Schimmer der Kiste, die ewig flimmert. Die alte Frau brät sich blaugelbe Bonbons aus Zucker und Wasser, streicht sich zum Süppchen Margarine aufs Brot, spricht zum Negerpüppchen, forscht nach der Löcher in den Grapefruits Grund, na und? Nun mach mal keinen Stress. Stanisław Retro schickt seiner Freundin eine SMS vom neuen Handy: »Hier Stanisławs Papa. Der Stan ist tot.«

Das ist wohl doch nicht das Ende, ist wohl eine Art Unendlichkeit, so verdammt hell, so licht sehe ich heute die Wirklichkeit, nix Titten, nix ihre Kumpels Kurwa Vagina, hundertprozentige Affirmation der Welt, keine Errata und keine Reklamationen, kein blödes Penis, keine Rute, doch Mr. DJ, lass dein Grammophon noch

Schneidet dann mit einem Messerchen oder einer Nadel zum Häkeln geschwind eine Öffnung hinein, ein kleines Kind, vermutlich ihr eigenes, steht daneben ...

stehen, da ist noch eine Person zu sehen, im schrägen Wohnungslicht, o Penis Titten, Vaginal, ist sie das nicht, MC Dorota? Doris Masłowska? Was macht sie noch da, im Dezember abends auf dem Balkon, neben diesem geheimnisvollen Karton, im Schnee? Was sucht sie in diesem Buch, was ist das wieder für eine Schnapsidee? Was sie dort tut? Sie steht da. Unerkannte Objekte nimmt sie der Reihe nach heraus, Brezeln oder Früchte, soll ich rätseln? Schneidet dann mit einem Messerchen oder einer Nadel zum Häkeln geschwind eine Öffnung hinein, ein kleines Kind, vermutlich ihr eigenes, steht daneben, eine Art Säugling oder Neugeborenes, was soll das geben? Das Kind pappt auch irgendwie solche Aufkleber drauf, bastelt was mit Klebe, und alle Augenblicke kommt ein Mann und schleppt Schachteln an, oder Kartons, Penis in Vagina. Dezember, Warschau, zweitausendvier das Jahr, Staat Polen, Straße Jagiellońska. Die positive Seite der Welt betrachten, wenn es Schatten gibt, muss auch irgendwo die Sonne scheinen.

31. Dezember, Silvester. Von allen Seiten heißt es: Freue dich, mein Bester. Lache, lach jetzt mal sofort, guck mal hier und guck mal dort, wie lustig das ist, und das auch. Du hast zwei Optionen, die sich beide lohnen, und beide lauten: »Ich will.« Chipse, Pepsi und Lametta. Schlangen, Ballons und Konfetti. Flitter, Harlekin-Kostüme. Alles für dich, also nimm, denn es ist klasse. Du hast zwei Optionen, und beide lauten: »Ich will.« Guck mal, guck, wie lustig das hier ist. Freude und Glück gibt's heute am Stück. Also sei kein Spielverderber, sei galant, um die abgeschnittene Hand gibt es genug Bewerber, gleich ist sie vergeben, aufgegessen, abgebrannt. Nachher kommen Fragen, wie hast du, Stan, Silvester verbracht? Weil ich war Surfen in Manu Chao, hab in Ping Pong ein sexy Chinagirl entjungfert, neun Jahre alt, und du bist im Regen durch Warschau gelatscht, dir war kalt? Du wolltest einen Kumpel töten gehen, na klasse, war bestimmt auch cool, gib's zu.

31. Dezember, Silvester. Vor lauter Zwang zum Glücklichsein fallen dir plötzlich, wie zum Trotz, sämtliche Übel des Lebens wieder ein, ist das wirklich mal passiert? Morde, Vergewaltigungen, Experimente an Tieren, Haken und Ösen, die Horte des Bösen, der Kulturpalast wie eine graue Torte im Regen, ohne ein klitzekleines

Kerzelein. Nebel wabern, leblos blinken die Schuppen der Weichsel, dieses Silvester bringen sie dir kein Glück, ist das Schicksal dir nicht hold, Stanisław. Wate doch, wate durch Warschaus graue Sümpfe, durch den Schnee, in einem Dornenkranz aus Draht und Korkengold. Töte den Kollegen, der dir übel wollte, regel die Sache und töte ihn noch heute, noch Silvester. Ab Neujahr wirst du dann ein guter Mensch und gibst das Rauchen auf, nicht wahr, mein Bester?

Silvester. Um die Inhalte bis hier kurz zusammenzufassen, alles dreht sich um den Drang der Hauptfigur Stanisław Retro zur Tötung seines Kollegen im Affekt, sein Waten durch Schlamassel und Schlamm, bei Wind und Wetter. Er geht die Straße entlang in der Jetztzeit und erinnert sich dabei, wie sich gleich zeigen wird, an Begebenheiten der Vergangenheit. Diese Information entstand aus Mitteln der Europäischen Union. Ihr Ziel ist die Anpassung des Liedes an die Bedürfnisse mehr oder weniger völlig unintelligenter Personen. Diese Information entstand mit Mitteln des Kulturministeriums und der Stiftung *Barrierefreie Verständigung* von Jolanta Kwaśniewska.

Nix mit Siesta, immer noch Silvester. Seit einer Woche bestimmte die in den Papillaren angelegte üble und suspekte Konstellation der Ereignisse die ganze Situation. Wie das kam? Nun, gar nichts kam, dabei sollte was rauskommen, was platzen, ein Klops, ein Stinkefinger von geringer Größe, worum es ging, ist nicht wichtig, Branchengemauschel, irgendein Deal, ein Platz in der Hitparade, nicht viel, auf der Suche nach der verlorenen

Knete, jeder muss selber beten und sehen, wo er bleibt, wichtig ist, dass der Hurenkommerz dich nicht ins Abseits kegelt, dir den Erfolg nicht stiehlt, das hat im Schlagersängerleben Priorität. Nun gut, fast alles war geregelt, die Saat des Erfolgs gesät, der Plattenverkauf sollte wachsen und boomen, Interviews, Konzerte und Blumen, Auftritte in Fernsehen und Radio, und ein bisschen was Bares, das ist klar, sollte auch rausspringen dabei, denn mit Bargeld stand Stan auf Kriegsfuß. Doch irgendjemand baute Scheiße, jemand petzte, schwätzte falsche News, jemandem kam was dazwischen, und ein Flegel ließ sich erst in Weihrauch hüllen und streicht dann die Telekom-Segel, hebt einfach nicht mehr ab, ist plötzlich unerreichbar auf hoher See, mit einem Wort, irgendwer und irgendwo und irgendwann, jedenfalls ging die ganze Chose voll in die Hose, und wer war der entscheidende Mann? Pseudo-Manager Szymon, nicht wahr, Stan? Genau so war's. Eins ist sicher: Finanziell ist die Kacke am Dampfen, im Kühlschrank gibt's nichts zu Mampfen. 31. Dezember, Silvester, Wojewodschaft Farout, Kreis Arschauf, polnische Hauptstadt Warschau, Praga Nord, Apartment im bewachten Wohnkomplex, eine Lächel-Attrappe auf den Lippen, Mord im Sinn und Kippen, die das Fensterbrett vermüllen. Draußen vegetiert der Zoo, wo krank vor Geschlecht die Tiere ihre Fragen zum Himmel brüllen, der nass wie ein grauer Feudel ist, von Gott zum Trocknen aufgehängt: wie ausweglos dies Grau, wie angepisst du bist!

Wiederholen wir also noch einmal. Wollten wir den Inhalt des obigen Fragments zusammenfassen, so wird in ihm aus allgemeiner Sicht die Vergangenheit gezeigt:

Die Hauptfigur des Liedes, finanziell in Bedrängnis, versuchte diesem Gefängnis durch ethisch suspekte Klüngeleien zu entfliehn, ihrer Karriere rosa Saiten aufzuziehen, doch offensichtlich vergeblich. Ein Wort, das dem Leser aufstoßen könnte, ist »Priorität«: etwas Erstes, Vorrangiges. Diese Information entstand aus Mitteln der Europäischen Union. Ihr Ziel ist der Schutz der Rechte und Bedürfnisse von mehr oder weniger völlig unintelligenten Personen.

Silvester. Szymon (besagter Manager) also hebt nicht ab, und es lässt sich nicht mehr verhehlen, Stellwände und Stelen der Wirklichkeit haben sich verfickt, die Alurohre sind vor Stans (unseres Helden) Augen rums, knack, eingeknickt, lautlos ertönte ihr Krachen, ungeordneter Rückzug der Materie vom Schlachtfeld, der Gefallenen Stöhnen, fünf null eins, fünf sieben, sieben vier ... He, und was kam dann? Will mich hier wer verhöhnen, hallo, hallo? »Szymon, bist du dran? Heb ab, hallo ...?«

Den ganzen Morgen wählt Stan diese Nummer, wieder und wieder, es tut so weh, hundertmal gewählt und hundertmal der gleiche Kummer, nichts als schmierige Ausreden auf dem AB. »Yo Mann, hier der Anschluss von Szymon, ich bin grad verhindert, Kinder, aber rufe gleich zurück, bis die Tage dann.« So ein Kack, hier stimmt was nicht, jemand nimmt dich auf den Arm, Mann, dein eigner Manager, geht nicht mehr ran, obwohl, vielleicht liegt's an dem Handy. Stanisław prüft die Erreichbarkeit von Szymon von einem zweiten Nokia einhundertfünfzig, das Spiele hat zum Spielen. Die Nummer kann er aus dem Kopf, doch die Unerreichbarkeit bestätigt sich postwendend, wird immer deutlicher von Augenblick zu Augenblick, ist das die Möglichkeit, kann denn der Mensch dem Menschen so ein Tier, so böse sein? So missgünstig, von Macht und Gier besessen, immer geht es irgendwo ums Geld, das kleinste Atom der Welt zeigt dir seinen Stinkefinger, ausixen will der Bruder seinen eigenen Bruder und sich selbst Geschwister sein, nichts teilen müssen, am besten alle Menschen auf der Welt anwichsen und auf dieser Welt alleine leben, alles Geld für sich allein ausgeben, all diese Sachen alleine haben, im Swimmingpool alleine baden, statt sich im Mob zu drängeln. Hör auf, das ist doch voll überzogen, wie kann man so ein Schwein, so ein mentaler Penner sein, und er sitzt hier den ganzen Morgen, auch gestern schon, am Telefon. Wie viele Stunden hat er vergeudet, Mann, und Geld, denn dass Szymon nicht abhebt, ist ja noch nicht alle Welt, ist ja nur die Gegenwart, aber zum Einfädeln der ganzen Chose brauchte es eine Woche. Noch vor einer Woche saß Stan neben ihm, diesem großen Medienrummel-Spezi, der ihm die Plattentexte schrieb und ihn seinerzeit einführte bei denen, die zählen. Saß in einem Klub vor dem Konzert der Band *Die Pferde*, spendierte ihm die besten Drinks, nur *Abendgrau im Morgenrot* für neunundzwanzig PLN. »Los, trinken wir einen, Szymon, trinken wir auf mein Wohl und auf deins.« Und kackt jeden an, den Szymon ankackt, benutzt dabei seinen mentalen Echo-Effekt, bis Szymon plötzlich sagt: »Diese *Pferde* sind 'ne tolle Kapelle, haben neulich ein Superlied eingespielt, denen könnte man auf die Karrieresprünge helfen.« Er bezeichnet diese olle Kamelle als tolle Band, und Stanisław weiß noch genau, wie er da saß und beinahe in Ohnmacht fiel, träumt er, oder geschieht das jetzt? Dieser korrupte Schwanz, dem schon die Eier rosten, säuft hier auf seine Kosten und will dann plötzlich solchen Pfeifen auf die Sprünge helfen, das soll mal einer begreifen. »Alles klar, die *Pferde* sind klasse«, bestätigt Stanisław Retro wie ein Mann, nutzt Szymons Austritt aufs Klo und fragt die Frau an der Bar, ob sie ein Messer hat. Sie solle ihm mal schnell ein Taschenmesser borgen. Sie darauf, leider nein, er aber bleibt hart: »Kollege braucht mal schnell ein Messer.« Das war so seine Art bei Anfällen von Eifersucht und Ego, da war es besser, dass die Frau sich doch noch zum Verleih des scharfen Teils gewinnen ließ. Hätte er geahnt, wie das alles enden würde, hätte er ihr nie die Fünfzig Złoty an Kaution gezahlt, aber er wusste nichts, als er backstage sich begab. »Veranstalter, Vip, Veranstalter«, speist er die Wachleute ab, kühl und knapp, meidet jeden Blickkontakt und nutzt, dass die Band grad irgendwo beim Aufbau ist, greift sich eine Gitarre nach der anderen und lässt die schönen Saiten zur Hölle wandern. Ne, die *Pferde* werden keinen besseren Plattenabsatz, keinen höheren Platz in der Hitparade haben! Aber beim Saitenschnippeln hörte er Schritte im Korridor trippeln. Zack, das Messer schnell unter's Gitarrenfutteral, und weg von hier! Durch irgendeine Tür, irgendeinen Notausgang, Fluchtweg, dunkel, hier entlang, am Ende seiner Kräfte, gehetzt und atemlos. Und die Moral von der Geschicht: Vielleicht nicht ganz koscher, aber den Erfolg stehlen die blöden Gäule ihm nicht. Wie er wieder zurückfand, kann er nicht mehr sagen, die Lungen machen Spagat, das Herz pumpt Granulat in die Blutbahn, im Klub Geschrei und Theater wegen der Saitenbeschneidung der Kapelle durch Unbekannt! Wer ist hier

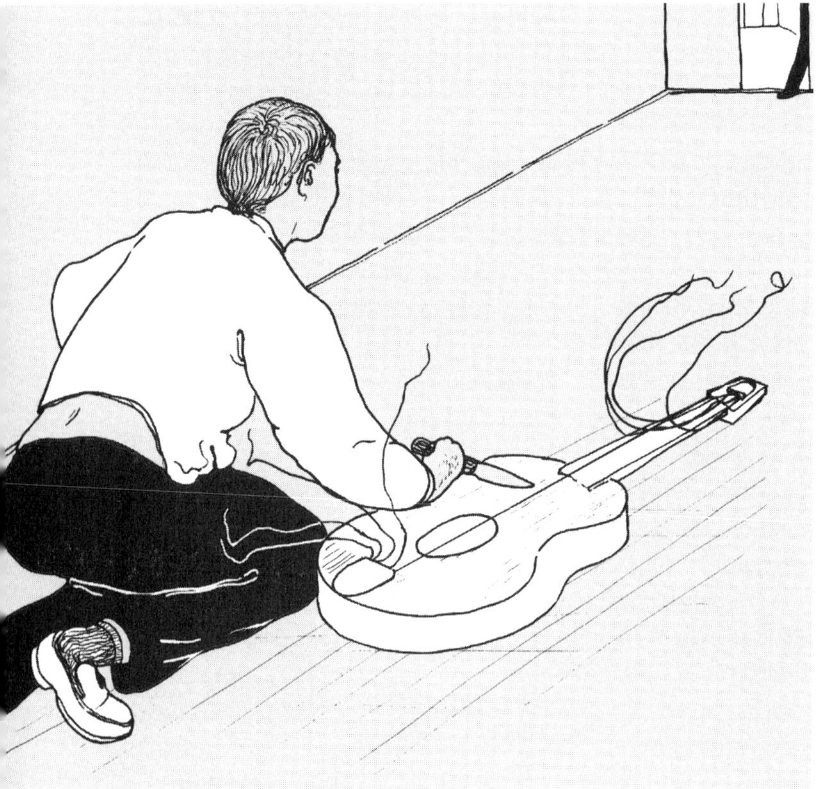

... die Pferde werden keinen besseren Plattenabsatz, keinen höheren Platz in der Hitparade haben! Aber beim Saitenschnippeln hörte er Schritte im Korridor ...

entlanggerannt? Wer ist jetzt weg? Wem war daran gelegen, den Auftritt der *Pferde* zu verlegen? Am Ende spielten sie Playback, Karaoke auf saitenlosen Instrumenten. Er tobte innerlich den ganzen Abend vor Wut über den verlorenen Schein, konnte sich nicht verzeihen, dass er dieses Messer ohne Not weggeworfen und die Barfrau ihn um die Kaution beschissen hatte. Dazu muss man wissen, dass er den Rest des Abends Szymon loben und anhimmeln, ein ganzes Meer von Zuckerguss über ihn ergießen muss, mit dieser Überdosis Schmeichelei verscherzte er ganz offensichtlich seine Glaubwürdigkeit, und vielleicht schmerzte ihn dieser Mangel an Ernst, der halbherzige Charakter der verkündeten Superlative sogar selbst. Vor allem als er, um was Nettes zu sagen, mit: »Geile Korallenkette«, Szymon lobte und dieser Sack sich so aufregte und tobte, das sei eine Mala, ein buddhistischer Rosenkranz, und das Teil nicht mal zum Anprobieren geben wollte. Da fühlte sich Stan doch ziemlich beknackt, als wär sein Lob womöglich allzu grob gestrickt und ungeschickt platziert. Wenn er jetzt daran dachte, packte ihn die Wut, und der Schotter für all die Drinks *Abendgrau im Morgenrot* tat ihm weh wie ein grundlos amputierter Zeh, besonders die verfallene Kaution für das Messer zum Saitenbeschneiden, damit die Konkurrenz nicht besser sei. Jetzt war's zu spät, denn do you remember, wir schreiben den Morgen des 31. Dezember. Er sollte längst schon wieder gut bei Kasse sein, aber denkste, in der Brieftasche nur Geldscheine im Nominalwert null, diese Schweine, da fühlt man sich doch total verarscht.

In obigem Fragment wurden Ereignisse erzählt, die sich in der Vergangenheit zugetragen haben. Im Text wurden die Wörter Schwein, bescheißen, Schwanz und verarschen gebraucht, vulgäre Mutanten der Namen von schmutzigen Tieren, sexuellen Praktiken und Geschlechtsorganen. Diese Derbheit und Obszönität soll junge Leser zur Lektüre bewegen, die Bücher sonst von vornherein beiseitelegen. Unintelligente sowie minderjährige Personen, Schulausflügler, Analphabeten – sie alle sollen spüren, wie lustig das ist. Jeder kommt bei unserem Lied auf seine Kosten, auch die aus dem Osten. Dieses Lied entstand aus Mitteln der EU. Lesen kannst auch du es mit Hilfe der Lettern des Alphabets. Die Seiten musst du umblättern. Muster der einzelnen Buchstaben lädst du dir runter unter www.jugendliest.de oder bestellst sie ohne Stress per SMS.

31. Dezember, Silvester. Landesübliche Bezeichnung des letzten Tages im Jahr. Lodernde Feuer, Salzstangen, Luftschlangen, Ballons und Nüsse, Freudenergüsse. Konfetti, Girls, Grill, Bratspieß, wunderbar, let's happy, let's made in Pekin. Du musst dich freuen, musst dieses Glück empfinden, sonst wirst du's bereuen. Du hast kein Geld, na und, kein Geld haben gilt nicht! Sonst tauchst du nach diesem Pleitekonzert im Fernsehen auf, und ein Bekannter von TVN sagt zum Abschied: »Na, Stan, bis nachher denn bei *Silvester mit den Pferden*, das wird fett werden.« »He, he«, sagst du in plötzlichem Argwohn, hast ihn schon am Ärmel wie einen Taschendieb, »was denn, wie denn? Wo, in wessen Namen und wann?« »Na *Silvester mit den Pferden*«, sagt der Bekannte schon leicht gehemmt, »großes Bankett mit Konzert, Catering, Vangelis, Feuerwerk, alle, die in der Szene Rang und Namen haben, werden dort sein ...«, und verfolgt besorgt die Veränderung in deinem Gesicht, als hätte er dich gerade über deinen Tod informiert und wüsste nicht, wie du damit umgehst. Plötzlich hat er es ganz furchtbar

eilig, will sich schon umdrehn. »Och, geht ja schon auf drei zu, jetzt muss ich aber!« Und haut ab, lässt dich mit deinem Argwohn stehen. Da merkst du plötzlich, dass dich fremde Augen ansehn, seltsames Flüstern dich umlauert, ein Rascheln, ein heimliches Schielen von den Bodendielen, und wen du auch triffst, alle reden von der Party da, zu deren geladenen Gästen du immer zweifelloser nicht gehörst. Und als wieder jemand mit seiner Einladung angibt, hältst du dem Druck nicht stand und improvisierst etwas zu laut, aus reiner Revanche. Nein, du kämest wahrscheinlich nicht, du und Anka, ihr feiert zu Haus. »Vielleicht die wichtigsten zehn Leute aus der Medienbranche. Geschlossene Gesellschaft, kein Pöbelauflauf, kein Dorffest mit Massenverkaterung, wo die Belegschaft des VEB Siekierki sich drängt, wenn du willst, zeig dich doch auch.« Da hast du dich zu weit aus dem Fenster gehängt, damals wusstest du noch nicht, dass man seinen Nächsten, statt ihn zu lieben, so bescheißen kann und dass der Dispo auch ein Ende hat, Artur Grottgers *Blanke Not*, Jerzy Kossaks *Melasse auf Brot*. Sorry, Stan, pardon, aber was ist mit Konfetti, mit Knallerbsen, was ist mit Kotillon und der besseren Silvesterparty? Ohne *Die Pferde* ist kein Glück auf Erden. Und plötzlich ist das Spektrum deiner Möglichkeiten und deiner Wirkkraft vergleichbar dem eines Karpfens in der Badewanne, mit einem Bein schon in der Pfanne, die Flossen gefesselt und sämtliche Gesichts- und Körperöffnungen verstopft. Zum x-ten Mal greifst du zum Telefon, und wenn jetzt ganz zufällig deine Alte anrufen würde und sagen: »Du bist ein Logenbruder, habe ich gerade erfahren, und ich verstoße dich, will ich dir sagen, Stan. Deine Mutter bin ich nie gewesen, dein

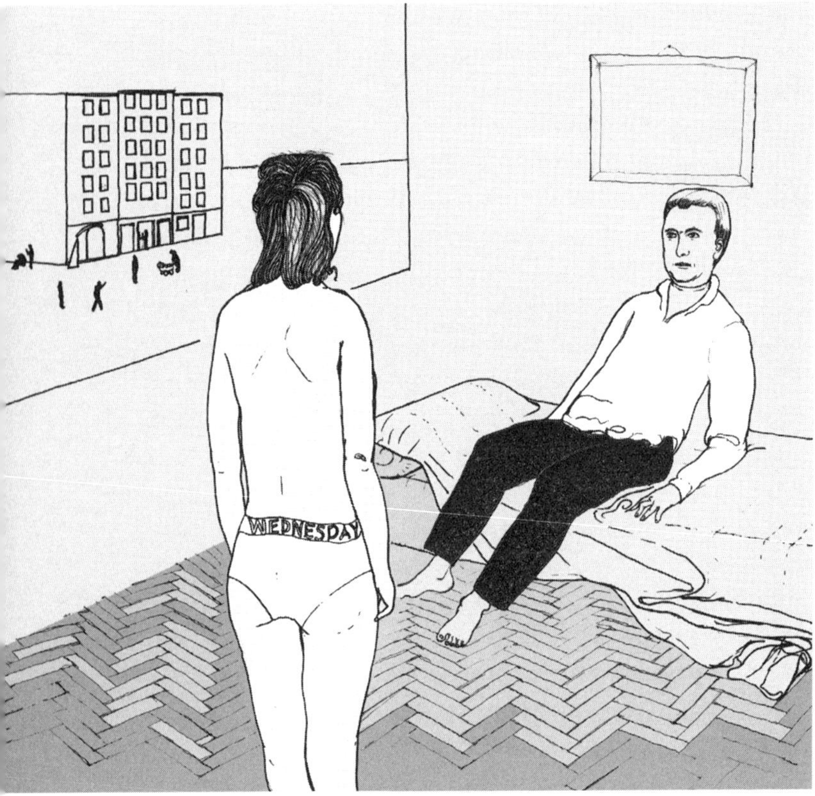

… Anna Przesik, die eben aufgestanden ist und nun die Bühne dieser schlimmen Farce betritt, nackt in einem Höschen mit der Aufschrift »Wednesday« …

Vater hat dich nicht wirklich gezeugt, im Rhabarber haben wir dich aufgelesen, Hunde und Katzen haben dich im Treibhaus gesäugt«, dann würdest du genauso dastehen und nichts verspüren als Befriedigung, dass du das alles schon hast kommen sehen. Na toll, jetzt ist dein Siedepunkt erreicht, jetzt hast du echt die Schnauze voll. Da sitzt du und verfolgst der Hausgeräte ungerührtes Dauern, lauerst wie einer, der stündlich den Aufstand der eigenen Möbel gewärtigt, des Pöbels unter Führung deiner jetzigen Freundin Jeanne d'Arsch, Anna Przesik, die eben aufgestanden ist und nun die Bühne dieser schlimmen Farce betritt, nackt in einem Höschen mit der Aufschrift »Wednesday«, mit der Frisur und dem Blick einer Person, die gerade am elektrischen Strom gebastelt hat, Wasser in die Steckdose gekippt, ein scheinbar irrationales Unterfangen, für diese menschliche Ruine jedoch bittere und tägliche Routine, und sagt: »Na Stan, ist die Kohle da?« »Brat deine Titten, boah ha, ha!«, machst du hilflos auf witzig, aber die Antwort spricht sich mit Hilfe deines Gesichts von selbst. »Stan«, sagt Anna plötzlich, »das meinst du doch nicht ernst?!«, und hält mitten im Schritt inne wie Nike, wenn sie zögert, macht dir mit abgeschnittenen Armen winke, winke. Zum Kotzen, blickt dich an mit diesem anormalen Blick, als wären ihre Augen beim Glotzen aus den Steckern gerissen: »Eh, mach keine Scherze, Mann, was ist mit Salzstangen und Erdnüssen, Kometen und Knallerbsen, Flitter muss sein und Harlekin, und let's happy, let's be party, heute ist nur bis drei auf.« Und weiter wie oben: »Und du sitzt hier und glotzt die Möbel an im Angesicht des völligen Gesichtsverlustes!! Ruf diesen Szymon an, diesen Hund, er soll sofort mit Kohle rüberkommen, sonst red ich mal selbst mit dem, und dann geht's rund!«

Warum latscht sie dauernd in diesen Schlüpfern rum? »Wednesday«, was für ein sinnloser Aufdruck, wenns Day is oder when Night is, immer nur »Wednesday« und »Wednesday«, ob Dienstag oder Donnerstag, du schnallst vielleicht kein Englisch, aber bei den Wochentagen macht dir niemand etwas vor, Monday Montag, und so weiter, frag! Freitag, aber hallo, Sonntag, Donnerstag, Samstag, nach jedem Tag kann man dich fragen, du kannst alle sagen. Schade, dass du kein Hundeausbildungshelfer geworden bist, wie du immer wolltest, sonst würdest du jetzt mit Fellhosen und Pfoten als Kater posen, in der *Sendung mit der Maus*, und alles wäre easy, alles klar, du hättest Nachfrage und Angebot, ein Ladenmädel mit langem gelbem Haar, das kochen kann und den Mopp selbst dreht, viel Essen, Ordnung und Bequemlichkeit. Stattdessen Eifersucht, Lüge und Dämlichkeit, Schlammwickel und fiese Züge. Stars aus Unterhaltung und Sport, Fluid mit Goldkristallen und einen Kackehaufen in goldenen Shorts. »Nimm doch ab«, schreit Anna da, denn das Telefon klingelt »ring, ring«, du fährst hoch, suchst rum, wo ist das Ding? Vielleicht sind sie es! Rasch! Und du hastest Hals über Kopf, vielleicht ist es Szymon, wir Leser wissen, dass es nicht Szymon ist, doch du, Stanisław, weißt es nicht, du bringst dich halb um vor Eile, saugst dich förmlich in die Muschel und andere Teile des Telefons. »Hallo Szymon, bist du's? Hallo?« Kein Szymon, nur Leitungsgetuschel und ferne Signale. Von Freitönen wirst du verhöhnt, sie rufen dich an, obwohl sie dir nicht Kumpel sind und du ihnen deine Nummer nie gegeben hast, und zu allem Überfluss ist noch Silvester, dazu noch Gäste geladen, warum gerade heute, wo er gar nicht will, konnte das nicht bis März warten, bis April?

Aber lasst Silvester Silvester sein, an dieser Stelle lenken wir kurz ein, nicht jeder Leser wird gleich alles kapieren. Hier ein kleiner Behindertenfahrstuhl fürs Gehirn, dieses Lied entstand aus Mitteln der EU. Wir haben schon genug davon, da ist von Literatur doch keine Spur. Dieser Puppe haben sie ins Hirn geschissen, das ist ein scheiß Gestammel, soll sich ihre Rübe in die Fotze stopfen und sie mal kräftig rammeln. Dieses Lied entstand aus Mitteln der EU. Es enthält grammatikalische Unrichtigkeiten und logische Fehler. Vergnügen soll es den Dummen bereiten und unintelligenten Lesern. Dass sie die Fehler bemerken und selbst finden, soll sie in freudiges Erstaunen versetzen. Jetzt dürfen sie mal wieder petzen, dass sie das mit einem Stock und einer Handvoll Erde besser und korrekter hätten schreiben können. Zum Schreiben dieses Liedes wurden Vokabeln und Buchstaben verwendet. Du findest sie im Internet oder bestellst per SMS. Doch Achtung an alle – wir warnen vor nachgemachten oder verfälschten Lettern, diese nachgemachten Zeichen tun den echten gleichen, haben aber nichts mit ihnen gemein.

31. Dezember. Silvester. »Du musst irgendwo Kohle auftreiben«, sagt Anna Przesik und vollführt fahrige Gesten des Spiegelblicks und pantomimischer Brustvergrößerung mit hohlen Händen, nach jedem Wort ein Ausrufezeichen, ihre Wörter stehen dicht wie Fahrradspeichen, wenn die in Fahrt kommt, blickst du nicht mehr durch. »Was soll ich denn anziehen, einen Pulli?! Du willst mich in der Gosse sehen, im Gulli. Wenn du jetzt mit der Knete rumkommst, schaff ich es noch zur Centrum-Gallerie.« Und hier ist nun ein kleiner Einschub angebracht zur

Charakterisierung der Person, die Stan sehr bald nach Ewas Weggang kennenlernte, weil sie vor kurzem auf seinem Konzert zu wild in der ersten Reihe tobte und den vorzeitigen Abgang probte, über die Barriere mitten auf die Bühne, kein harter Suizid, eher Control Alt plus Delete, Desintegration der sterblichen Hüllen, Schädelbruch. Der Blick des Mädels war für ihn schon damals, als man sie davontrug, ein Rätsel und innerer Widerspruch: übermäßig gewölbt und hyperkinetisch, wie eine Lottotrommel, die den vorzeitigen Ruhestand scheut. Nur Szymon, die Pappnase von Manager, war wieder sofort frenetisch. »Stan, du gehst ins Krankenhaus, beim Fräulein Händchen halten, schleim dich da ein, das ist medial ein schlaues Unterfangen!« Also bist du hingegangen. Blitzlicht, Kameras und Presse, auf dem Titelblatt der Tageszeitung *Deine SMS* ein Foto: Stan überreicht der Mumie ein Netz Apfelsinen. Und Szymon hat auch mit dem Supermarkt noch ein Geschäft gemacht, dass der Name sichtbar war und der Preis ein Złoty achtzig, mit Zoom auf kernlos und saftig, leicht zu schälen, viel Frucht, die Knete dafür hat er natürlich selbst eingesackt, und als er sah, dass das Thema gut ankam – »Stanisław Retro ist ein guter Mensch« und »Stan Retro besucht die Kranken« –, redete er diesem Mädchen, dessen seltsame Augen wie eine Lostrommel immer rascher rotierten, sofort ein, sie schreibe Gedichte: »Es stimmt doch, du schreibst Gedichte?« »Ich weiß nicht, mal seh'n ...« Doch unabhängig von dieser Replik entschied Szymon souverän: »Ja eben!«, und hatte schon am Tag darauf 'nen Zettel für sie vorbereitet. In Spalten waren dort ohne Sinn und Verstand Begriffe aufgeschrieben: »Scheusale, scheu wie Aale«, »Welse die Felsen wälzen«,

Stan überreicht der Mumie ein Netz Apfelsinen. Und Szymon hat auch mit dem Supermarkt noch ein Geschäft gemacht …

»Säulen, die Seelen quälen«. »Falls sie dich fragen«, sagt Szymon, »das ist Neolinguismus.« Und so weiter, und gleich ein Artikel in der neuen *Gala*: »Prominenter Liedermacher und bekannte neolinguistische Poetin sprechen über ihre Freundschaft im Krankenhausflur.« »Heiße Romanze«, schlug die Journalistin noch vor, doch das lehnte Szymon ab, auffällig stur, und wollte ausschließlich von Freundschaft nur geschrieben wissen, sein Starrsinn in dieser Hinsicht war suspekt. Und da Stan nun diesen nuklearen Explosionen der Superlative ausgesetzt war – »Wau, wie prominent die ist! Ein echter Star, berühmt und populär!« –, war es kein Wunder, klar, dass er sie schließlich wunderbar fand und seine Genitalien, die Ewa hatte längst brachliegen lassen, sich nach und nach zu regen begannen, sodass er Annen, sobald sie mal alleine waren, noch am Krankenbett bedrängte, sie solle doch so nett sein, wenigstens einen Finger aus ihrem Gipssarkophag zu strecken, solle doch seinen Pimmel mindestens mal angucken. »Nun guck doch mal wenigstens, Anka!«, winselte er. Ihre Gedichte verstand er nicht wirklich, konnte ihnen aber allmählich doch etwas abgewinnen. Irgendwie interessant, so kurz, nur, ehrlich, unverständlich. Endlich wurde sie entlassen, sie bezogen gemeinsam das Apartment in bewachtem Wohnkomplex, alles lief perfekt, gemeinsame Einkaufstouren, Geld und Tourneen, im *Café Raster* Latte (sogar ein Bild nicht ganz eindeutigen Inhalts kauften sie von Michał Kaczyński, das Kartoffeln mit Gesichtern zeigte). *Galerie Mokotów* und Einkaufszentrum *Arkadia*, doch nach zwei Wochen oder so stellt sich heraus, da hat, blutjung, eine Autorin debütiert, mit Monolinguismus – das eine Wort, wo man mit muss –, auch »Poesie des singulären Ausdrucks« genannt, und ist bald populärer und noch mehr bekannt als Anna. Was für eine Einfachheit und Klarheit! »So jung und schon so reif!«, überschlug sich die Kritik, und Stan hätt schwören können, da hatte Szymon seine Finger drin. *Die Dinger* – ein Gedicht über die Warenwelt und ihre seelenlosen Bewohner. *Der Mensch* – ein Gedicht über das Rätsel der conditio humana und des Menschen innere Wahrheit. *Felsen* – dieses bewegende Einwort-Poem drückt Reflexionen über die Steine aus, der Plural symbolisiert ihr häufiges Vorkommen auf der Welt.

Griffig das und leicht zu zitieren, weitaus besser lesbar als die komplexen Gedichte der Anna Przesik, die die Medien auch schon satthatten. Immer häufiger konnte man hören, nach Abnahme des Gipssarkophags sei sie keineswegs so hübsch und populär, wie immer berichtet, sondern eher platt, der Ruhm sei ihr nur angedichtet, sie selbst von den Medien aufgeblasen, ein feines Früchtchen, lockres Mädchen, Flittchen und Nüttchen. Szymon versuchte noch die Reanimation von Anna Przesiks Ruhm durch eine Spendenaktion, alles Geld fürs Schreiben von Gedichten sollte sie der eiligst noch gegründeten Stiftung *Aktion Hinkefuß* für die Opfer von Knochenbrüchen zahlen, ein Foto, wie sie den Scheck ausstellt und einen Behinderten zärtlich umarmt, doch das Feedback der Medien war spärlich, und was ist mit dem Geld? Das ist sie los. Ehrlich gesagt, war die Summe nicht mehr restlos einzutreiben, und Stan, wie wir Leser wissen, stand auch auf Kriegsfuß mit finanziellen Dingen.

Doch Szymon kommt ständig mit neuen Ideen, ihren Ruhm und ihre Popularität zu mehren. »Kennst du Kulturpatriarchie?«, ruft er Anna vor Weihnachten an. »Nicht wirklich ...«, antwortet sie kühl in dem unbestimmten Gefühl, er werfe ihr was vor oder klage sie an. Aber Szymi sagt: »Genau, dagegen kämpfst du, musst du sagen.« Er spendierte ihr sogar ein Tattoo auf die Lenden dazu, damit es über die Hose guckte, so 'ne Art Schlangen, Rosen und gotische Blumen, darin die KP am Galgen, was den Protest gegen Kulturpatriarchie symbolisieren sollte. Das sei ungeheuer medienwirksam, sagte er. So viel in Kürze zu ihrem Charakter, im Computerspiel war sie noch beknackter, eine Fotze mit Ohren, Stan ließ sie nur ungern spielen, weil sie dann immer gleich verloren. Ihm bluteten die Augen, wenn er mit ansehen musste, wie sie die Wände hochkraxelte, im Unterscheiden von links und rechts war sie behindert, vielleicht eine Folge des hyperkinetischen Augenrasens. Das Mädel war namhaft, mag sein, aber ganz bestimmt nicht appetitlich.

31. Silvester. Er sitzt da und weiß nicht, was tun, sie quengelt zum Thema Geld: »Im Pullover?! Silvester?! Was denn noch alles?! Zur Köchin willst du mich machen!« Es wird den Leser nicht wundern, dass Stan das Lachen längst vergangen ist. Wie ein Zirkustier steht er da, mit dem Metallstab geschunden, und kann doch höher nicht springen, schöner nicht singen. Mehr noch, gestern sind aus dem Schubfach die letzten fünfhundert Złoty Pe El En verschwunden. An dieses Trauma darf man gar nicht rühren, das bringt ihn an den Rand der mentalen Apoplexie. Hunger hast du, willst was essen, im Kühlschrank gibt's Ketchup mit Schimmel garniert, wenn sie solche Pilze mag, soll sie das fressen, das bekommt ihr garantiert. Du greifst nach der im Schubfach gut versteckten Börse, hast Lust auf Ähr Franz, söhnck piäss breff und Teigtaschen zu naschen, doch in der Brieftasche sind nur unsichtbare Scheine im Nennwert null. Scheiße, was geht hier ab? Doch dann wird dir alles klar, du guckst

dir diese plötzlich fremde Frau mal ganz genau an und siehst ihre Frisur in neuem Licht. Was gibt es da nicht: Strähnchen, Streifen hell, Regenbögen verschmiert, Baleyage-Effekte. Scheiße, es ist wahr, in den Friseur hat

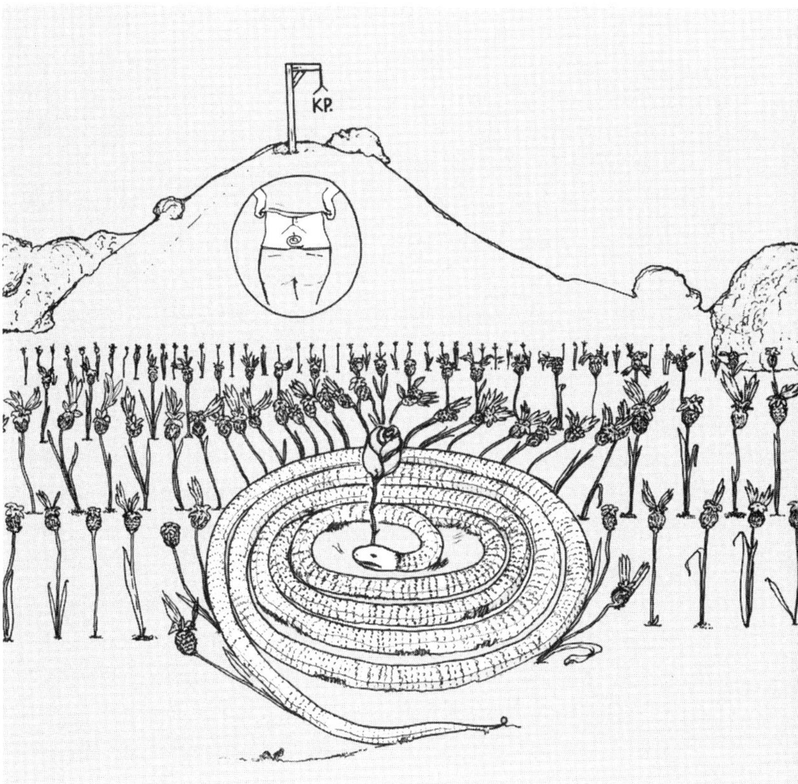

… ein Tattoo auf die Lenden dazu, damit es über die Hose guckte, so 'ne Art Schlangen, Rosen und gotische Blumen, darin die KP am Galgen …

sie das ganze Münzpapiergeld investiert, ich werd' nicht mehr, fünfhundert PLN in bar!

Wen wundert's da, dass Stanisław innerlich ins Schwitzen kam, er fuhr schon von Natur leicht aus seiner Haut, aber das war damals doch ein Stück zu laut, ein Stück aus dem Tollhaus, ein Panzer, der ihm mit Blaulicht über den Schädel rollte, er rotierte, detonierte in reichlich unüberlegten Schwanz- und Handgreiflichkeiten, gab ihr einen soliden Tritt in ihren Arsch und noch einen dazu, zerzauste im Eifer der Gewalt ihre schöne Haarfrisur gleich mit, machte das kunstvolle Konstrukt zunichte, obwohl sich Anna Przesik verzweifelt gegen die Zerstörung ihres Stylings wehrte, sich Salatbesteck als Waffe griff, er war stärker. Danach wurde ein wenig geschmollt, im Grunde war man sich nicht gram. Anna wurde anschmiegsam und zeigte schon wieder Nabel, vielleicht wäre sogar was mit Sex geworden, mit vorehelichem Verkehr, aber da Silvester war und die Kasse leer, und wo sie jetzt noch mit diesem Pulli kam, überlief ein Schauder der Wut ihn, das fand er nicht mehr gut, er prügelte den Schrank, zuerst mit der Faust, dann mit dem Lautsprecher, schmiss alles aus den Fächern raus und den Rest von den Bügeln, und brüllte wie ein Tier: »Was du anziehen sollst? Mach dir was aus Zeitungen! Am besten zieh dich nackicht an, vielleicht pimpert dich ja wer!« Und zog ihr, damit sie sich das merkte, eins mit der Schrankverkleidung über, irgendwas Zackigem mit Stiel. Das muss zu schwer gewesen sein, denn er spürte plötzlich ein Stechen in der Brust, das war alles zu viel in letzter Zeit, zu hart gearbeitet, in Zigarettenrauch und Stress, in den Klubs musste er sich mit Alkohol und Szymon plagen, half ihm stets die

Tasche und das Radio aus dem Auto tragen, jetzt aber wusste er: Die Gesundheit ist ein hohes Gut, zu schade für Kunst und Musik, denn plötzlich pikt ihn etwas in der Brust, ein Stich von Schmerz im Herz, ein Anfall von Druck, im Gesicht muss er ganz rot geworden sein, denn Anna Przesik nahm ihn plötzlich bei der Hand. »Eh Stan«, sagte sie, »eia popeia, was ist denn mit dir?« Obwohl unübersehbar war, dass sein möglicher Tod sie klammheimlich freute. »Schnauze, Flittchen, wegen deiner Nerverei von mir habe ich jetzt einen Herzanfall.«

»Au Schitt«, fiel er schwer atmend in den Sessel und saß keuchend da, verscheuchte sie, weil es ihn nervte, wie sie sich daran aufgeilte und hysterisierte. »Verpiss dich, du blöde Schlunze, sammel lieber die Sachen ein, alles nur deshalb, weil in diesem Haus so schnöde mit Wertgegenständen umgegangen wird«, sagte er in Anspielung darauf, dass sie mehr als einmal aus Rache Haushalts- und Unterhaltungselektronik übel zerkratzt hatte. Jetzt musste er nicht mehr bangen, sollte sie sich doch rächen, ihm mit der Gabel die Eichel zerstechen, was für eine Rolle spielte das noch angesichts der dräuenden Immanenz des Todes. Und er erinnerte sich aus dem Buch *Heilen mit Erde* von Dr. Sancho Perez, der durch Willenskraft und tägliches Essen von einigen Löffeln Mutterboden seine Hoden vom Lungenkrebs heilte, an die positive Affirmation: »Mein Herz schlägt im Rhythmus der Liebe«, sprach sich das wieder und wieder vor und streichelte dabei den ganzen Körper. »Mein Herz schlägt im Rhythmus der Liebe. Yo Mann, mein Herz, ich mag mich, es gibt keinen Schmerz. Verpiss dich, Flittchen, sag ich, das ist alles nur wegen dir. Ich wollte dir schon immer sagen, deine Gedichte sind strohdumm, die haben keine Reime und keinen Sinn, weißt du, was Neolinguismus ist? Neolinguismus ist, dass jeder Hund, der Lulli muss, bessere Reime zusammenschleimen würde als wie du, schieb dir deine künstlerischen Errungenschaften in deinen anatomischen Gulli.« Polemik von Anna Przesik will er gar nicht erst hören, die würde nur stören; seine Antworten bedürfen keiner vorhergehenden Fragen, deshalb muss er jetzt noch ein paarmal laut sagen: »Du immer, ich nie! Du immer, ich nie!«, um sie zu übertönen, denn klar ist, dass dieses Argument, so nebulös es wirkt, immer sticht. Wer lauter spricht, hat recht und gewinnt auf Anhieb jedes Wortgefecht.

Und jetzt ging er durch Regen und Schnee, 31. Dezember, abends, Silvester, und ihm war so weh, er wollte das alles vergessen, so oft hatte er schon dagesessen und sich versprochen, sich nie mehr zu ärgern, nie mehr provozieren zu lassen zu den üblen Eruptionen seines Wesens, zu erniedrigender Aggression. Alles vergebens. Dabei machte er schon Assan und so manche Übung zur Gedächtniserweiterung. Wie werde ich assertiv und tausche meine Person gegen eine noch bessere um. So viele Bücher hatte er, serienweise Psychologie, eine richtige kleine Bibliothek, *Wie verdiene ich viel Geld*, *Zen-Buddhismus*, *Die Kunst des Billards* und was weiß ich. Roman Kurkiewicz, *Erkenne dich selbst an einem Wochenende*, *Durch Triebe zur inneren Wende*, und in allen hatte er mindestens einmal geblättert, in manchen sogar von vorn bis hinten. Eh Szymon, das ist ja wohl kein schlechter Tod, wenn dich so ein belesener Kumpel zerschmettert. Eh Szymon, mach keine Finten, zier dich nicht so, du nimmst nicht ab, versteckst dich irgendwo. Stan würde sogar auf eigene Kosten ein Taxi nehmen, so toll ist das Leben nun auch nicht, was hängst du so daran? Du lebst so lange schon, und rausgekommen ist nicht viel dabei. Also, lass dich töten, Mann, sei doch mal kollegial.

Und nun eine kurze Zusammenfassung zur Erinnerung. Ort und Zeit der Handlung: Warschau, 31. Dezember, Silvester. Die Hauptperson Stanisław Retro (ihr kennt sie schon) denkt zurück an die Begebenheiten der Vergangenheit, die am Morgen und früher stattgefunden hatten. Den Silvesterabend verbringt er währenddessen auf der Straße unterwegs mit dem Ziel, den Kollegen Szymon ums Leben zu bringen. Dieses Lied entstand aus Mitteln der EU, des Ministeriums für Kultur und Kunst und der Stiftung *Barrierefreie Verständigung* von Jolanta Kwaśniewska. Wer das Lied nicht versteht, muss nicht gleich den Schwanz einknicken. Das liegt an seinem unübersehbar mickrigen literarischen Niveau. Unser Ziel war ein so schwacher Text, dass man ihn ohne Komplexe einfach ungelesen lassen kann, das liegt nicht an geistigen Mängeln und Schäden der Intelligenz des Lesers, sondern gerade an dem unübersehbaren Mittelmaß und der Unlesbarkeit des Inhalts. Dieses Lied entstand aus Mitteln der EU. Es soll die Zahl der Dummen in der Gesellschaft mehren.

Der Leser ahnt es schon: Silvester, Realität faustdick, gnadenlos überdreht, im Sessel sitzt Stan, unser Bester, von Herzpalpitationen gequält, das war gegen drei. Dass er nicht stirbt, ist klar, das wäre dramaturgisch widersinnig, aber nach der ganzen Affäre mit dem von Anna Przesik vorgebrachten Unmut, einen Pullover anzutun, hilflos im Sessel mit diesem Herzanfall, überkam ihn ein Gefühl der Erleuchtung, des Todesthemas vollständiger Durchdringung, er weiß nicht, war das vielleicht der klinische Tod sogar, niemand wird glauben, dass es wirklich so gewesen war. Jedenfalls saß er stöhnend da und hatte plötzlich so ein klares Gefühl, sah alles wie durch Folie, das Gewühl der Unzahl von Menschen auf der Welt, die schon gestorben waren. Ein einziger Krümel Erde an der Schuhsohle enthielt so eine riesige Zahl Verstorbener, und jedem von ihnen war der eigene Tod einst gleichermaßen unwirklich erschienen, jeder hatte gedacht, sterben könne jeder andere, sogar der eigene Bruder und die eigene Mutter und was weiß ich wer, jeder, Anna Przesik ihr Cousin und ihre Schwester, nur er selbst, wie durch ein Wunder, würde immer weiterleben. Und wenn der Tod ihn doch ereile, geht das nach einer Weile alles wieder stiften: Die Wirklichkeit lässt ihr Arschgesicht liften, Fernsehen wird dichtgemacht, Zeitungen nicht gedruckt, ein Ruck geht durch das Land, und alle Leute machen Liegestreik am Weichselstrand. Werden immer so liegen und sich nicht rühren, und werden skandieren, von wegen Stan ist tot, sie sind nicht einverstanden und protestieren, und leben wollen sie auf dieser Welt schon gar nicht mehr, nicht ohne dich, denn ohne dich können sie nicht, kommt nicht in die Tüte, wir protestieren, ohne Retro Stanisław wird hier nicht gelebt, wir machen die Kriege zu, die Börsenkurse, die Wirtschaftskrisen, wir legen uns auf die Wiesen und stehen nicht auf, bis Stan von seiner Reise ins Innere der Erde zurückkehrt!

So hat er sich das mal gedacht, aber das Traurigste ist ja, dass er dann irgendwann die eigene Beerdigung vor Augen sah, und siehe: Pustekuchen, nach Trauergästen kannste lange suchen. Weder Pauken noch Trompeten, keine *Gedanken zum Auftanken* in *Radio Zet*, irgendjemand hat die Promo seines neuen Albums verpeilt, eine Handvoll Gäste ist herbeigeeilt, Mutter, Vater, ein paar Grundschulfreunde aus der ersten Klasse, Transparente wurden mangels Masse nicht getragen. Wenn er auch des Lebens ledig war und im Leben fehlte, ging doch die Sonne auf und wird bald Frühling sein, man kommt von der Beerdigung, kauft irgendwo ein, und abends zum Konzert in die Scheune, wo *Die Pferde* spielen. Szymon hat sich für das ihm versprochene Geld eine Metal-Gitarre gekauft, aber das ist noch gar nichts. Am schlimmsten ist, dass alle ungestraft im Internet sein Bild als Logenbruder zeichnen, sein Image ist total aus dem Lot, all die Mädels, die er im letzten Lebensjahr hatte, machen sich nichts aus seinem Tod, anderen Sängern laufen jetzt die Groupies nach und nehmen ihre Glieder in den Mund, tun im Fernsehen schlimme Dinge kund über ihn, und er sah auch die Moderatorin fragen: »Hat Stanisław euch auch geschlagen und getreten? Hat er oft den ganzen Abend untätig gerülpst und in die Bermudashorts gepforzt, war er süchtig nach Computerspielen und neigte zu homosexuellen Tendenzen? Anna, sag?« Und diese Luder, geschminkt und gepudert, saßen dort und bejahten jede Frage, seine fiesesten Geheimnisse verratend. Dass er abgeschnittene Fingernägel auf dem Tisch hat liegen lassen. Sie rächen sich grausam für seine gelegentlichen Launen und Schikanen, binden den bunten Blättern Sesam-Bären (Bolesław Leśmian) auf über seine Person, dabei ist er doch im Grunde ein guter Charakter, nur in letzter Zeit ein bisschen vertrackter als sonst und reizbar. »Na schön«, sagt Stan deshalb und hat dabei als oberstes Gebot die Unversehrtheit der Möbel und Elektrogeräte im Auge, »na komm schon, Anka, was schmollst du denn so, du musst jetzt nicht denken, ich will dich mit diesen Prügeln kränken, manchmal muss ich eben ein bisschen strenger sein, dabei mag ich dich und liebe dich sehr, versteh doch, ich bin von Haus aus Sänger und du Neolinguistikpoetin, so eine Liaison bringt immer problematische Reibereien, na sag schon ein Gedicht von dir auf, Anka, na, was meinst du?« Und sie antwortete irgendwasda, das verstand er nicht richtig, war auch nicht so wichtig. Er wollte nur möglichst bald wieder mit Reden dran sein, er wollte nämlich sagen, dass es ihm schon besser ging, aber eigentlich tue ihn das Herz die ganze Zeit immer noch schmerzen, und ob angesichts des Umstands, wenn er nun stürbe, sie wenigstens ein ganz klein bisschen traurig wäre? Und verharrte so, die Lider gesenkt in Erwartung eines günstigen Bescheids, einer wohlwollenden Prüfung seiner Bitte. Dass die dann einfach weglief, diese verdorbene Schnitte! Und beten wir, dass sie nichts zerstören oder zerkratzen wollte, was für eine egoistische Person! Fress- und Verdauungskloake! Eine Chinasuppe will er sich machen, ein wenig zur Ruhe kommen, die lustfeindlichen Aspekte der Welt übersehen und schickt ihr in den leeren Raum noch hoffnungsvoll nach: »DENN WENN *DU* GESTORBEN WÄRST, WÜRDE ES MIR BESTIMMT NICHT GUT GEHEN!« Aber auf Antwort kann er lange warten, also sagte er barsch zu ihr, die längst gegangen war: »Du bist mir egal, meinetwegen

Eine Chinasuppe will er sich machen, ein wenig zur Ruhe kommen, die lustfeindlichen Aspekte der Welt übersehen …

kannst du alle Gäste des Abends in deinem dunklen Arsch empfangen«.

31. Dezember, Silvester. Im vorherigen Abschnitt gebrauchten wir die Wörter rülpsen und pforzen. Das ist

der sogenannte Comedy-Effekt, das ist witzig, da lachen wir alle zusammen. Dieser Universalwitz wurde gestiftet vom Ersten Fernsehprogramm, um das Lied noch lustiger zu machen und für breitere soziale Schichten zugänglich. Dieses Lied entstand aus Mitteln der Europäischen Union. Das soeben gehörte Fragment enthielt Reflexionen über den sogenannten Tod. Für dieses Thema wurde absichtlich eine Person, einundzwanzig, mit sehr mittlerer Reife angeworben, die noch nie gestorben war und nichts darüber wissen konnte, damit das umso flüssiger und stichhaltiger rüberkam. Unser Ziel war es, ein Lied zu produzieren, frei von Diskriminierungen und allen Themen, die beschränkte Leser kränken oder Kinder bei ihrer Integration behindern könnten. Dieses Buch soll mit Fernsehen und Essen gleichzeitig gehen. Es enthält zahlreiche Fehler in Satzbau und Logik. Die Pädagogik dabei ist, dass die Leser die Fehler finden, und Freude machen soll, dass sie das alles viel besser und korrekter geschrieben hätten.

Silvester. Salzstangen, Konfettischlangen, Erdnüsse und Negerküsse. Harlekin. Verkleidung als Mannequin. Feuerwerk und darin Bariumnitrat. Was hast du Silvester gegessen, Stan, ich Latte Café bei Ähr Franz und Konfetti, Flör de Mall vom Bäcker, und du – Chinasuppe? Auch toll, billig, aber lecker. Nahrhafte Nudeln, Entenextrakt, Gewürze, Stücke von farbigem Grünzeug und buntem Salat, kochendes Wasser, sehr delikat, voll unsichtbarer Vitamine, Biochlor, gesunder Mineralien. Ich aß Ähr Franz, söhnck piäss breff und Muränenbart, aber wenn ich wählen darf, nehme ich auch ohne Zögern Entensuppe nach chinesischer Art. Ist im Endeffekt ja völlig schnuppe. Ganz große Scheiße war's mit Verpflegung bei diesem *Silvester mit den Pferden.* Keine Suppen, keine tiefgekühlte Pizza, kein Makkaronikonzentrat, nur so ein super söhnck piäss breff mit Wachtel. Ich persönlich beneide dich furchtbar um dein leckeres Gespachtel, Stan.

Immer neue Lügen, Finten und unfeine Züge Szymons fielen ihm ein und ließen den Entschluss zum Mord an dem bösen Freund und Kollegen gerechtfertigt sein. In der Jetztzeit also ist Silvester, und Stanisław biegt in die ulica Okrzei ein, aber was war gestern, noch vor wenigen Tagen? Ich werd es euch sagen, da war Vergangenheit – siebenundzwanzigster Dezember, Launen des Schicksals, Karneval der Unerquicklichkeit, das gemeine Charakterschwein gab sich ein großes Stelldichein. In die Woronicza fuhr Stan mit der U-Bahn, warum mit der U-Bahn? Weil er nicht U2 war und kein Geld fürs Taxi hatte, in den Mitteln des öffentlichen Verkehrs muss er sich mit dem Pöbel drängeln. Seine Nerven liegen blank, billiger Kosmetika Gestank und lediglich der Anschein von Körperhygiene, Keime, Mittelalter, Handgemenge um einen Sitzplatz, Geschmatz und fremder Odem im Gesicht, des Lebens grausam graue Prosa. Gewiss, er mag die Armen sehr, er mag das Elend, aber doch mehr als platonische Idee, das hat Poesie, aber nicht, wenn es neben dir steht und U-Bahn fährt. Er mag das Elend, aber bitte nicht so schlecht ernährt und bitte nicht alle auf einmal. Szymon hatte diesen angeblichen Fernsehauftritt für ihn angeleiert. »Dort wird gefeiert, dort fährst du hin, das steigert den Absatz und bringt auch finanziell Gewinn.« Obwohl Stan da nicht so firm war und nie unterscheiden konnte, was zuerst kam, Nachfrage oder Angebot, fuhr er dennoch weiter mit der U-Bahn, Mokotowskie Pola, Haltestelle Politechnikum. Düstere Ahnungen erfüllten sein Gemüt, der Gestank schlechter Zähne quälte die Nüstern, er klammerte sich an das Futteral seiner Gitarre wie an eine versteckte Knarre oder die abgerissene Klinke zum Notausgang. Ein einziger Gedanke machte ihn ganz krank, dass er total vergessen hatte, eine große Tasche oder wenigstens 'ne Einkaufstüte mitzunehmen, so eine Flasche, jetzt wird er sich im Studio maßlos ärgern und es als Verleumdung seiner selbst empfinden, dass er kein Catering abgreifen kann. Hatte er komplett vergessen, guck, das hier, und dies, Salzstangen und Zwei-Liter-Cola, bei solchen Festen gibt's immer so viel gute Reste. Jemand nimmt eine Stulle und lässt sie angebissen liegen, der Arschbacke, die sich solcher Verschwendung schuldig macht, gehört gleich eine reingehaun, es wird aufgefuttert, was man vom gemeinschaftlichen Tisch genommen hat, und wenn man nicht mehr will, lässt man es für andere, hungrigere Menschen liegen. Solchen Sauärschen sollte man die Mägen mit Zement ausgießen. So weit, so gut, er kommt dort in der Woronicza an, und was geht? Irgendwelche Ballons, Dekorationen aus leuchtendem Strom und sodann eine Art Neujahrsprogramm, in Krepp die Losung »Willkommen im neuen Jahr!« und »Zweitausendfünf«, wunderbar, welches Lied soll man hier jetzt bringen, *Warever you go* oder *You never, I always*, was wird neujähriger, silvestriger klingen, den Inhalt versteht Stan eigentlich nie, er geht eher mehr nach der Melodie, aber mit dem zweiten hat er Probleme, die Aussprache der Phoneme und der Refrain, wie ging der gleich nochmal?

Da muss er jetzt nachdenken, schon mal schlecht, was soll er jetzt machen, doch nun will die Moderatorin Małgorzata Hodensatz ihn kennenlernen, und jetzt die Pointe, sie bricht in zynisches Lachen aus beim Anblick des Gitarrenfutterals in Stanisławs Hand: »Herr Retro, gewiss schätzen wir Ihre Werke, aber die Sendung heute ist nicht über Saiteninstrumente.« Und: »Das können Sie da liegen lassen, ich sage unserem Tonmann, er soll auf Ihr Spielzeug aufpassen.« Als wär das gar nichts wert. Stan reibt sich verwundert die Augen. »Szymon hat mich gebeten, ich soll hier auftreten, ein, zwei Lieder, ein Konzert.« »Welcher Szymon denn nun wieder?«, fragt die Moderatorin etwas spitz, so als gäbe es gar keinen Namen dieser Art im Kalender, sie entfernt sich raschen Schritts, denn sie muss noch den computergenerierten Beifall aus der Konserve üben.

Schau mal, Stan, kleines Überraschungsei, lass dir nichts anmerken dabei, immer die Ruhe, Yoga soll dich stärken, jemand will dich in sein Scheißspiel ziehen, aber du lässt dir nichts merken, denn dein Herz, das schlägt im Rhythmus der Liebe, du magst dich, du magst dich sehr, du hast *Heilen mit Erde* von Dr. Sancho Perez gelesen und lässt dich von denen nicht verarschen, denn du bist gut, Schweden ist dein geistiges Kap, und dein Herz, das schlägt im Rhythmus der Liebe. Stimmt's, oder hab ich recht?

Aber es kam, je weiter, nur noch schlimmer. Stan hätte sich gewehrt, doch er dachte noch immer, das ist ein Albtraum, deshalb reagierte er kaum, als kübelweise üble Rede, Verleumdung und Lüge auf ihn niedergingen, bleiche Speichelsalven ins Gesicht, er hielt still, weil er dachte, dass der böse Traum das will. »Ich bin ganz verrückt nach deinen Liedern, Stan«, sagt Małgorzata Hodensatz, die Moderatorin, und putzt das Mikro mit dem Fingernagel. »Stan – ich darf doch Stan zu dir sagen? Von *Warever you go* kann ich den Text auswendig, tendiere sogar dazu, mich mit der Aussage zu identifizieren, ›hey boy however you and me always, no say no, no say yes‹, das höre ich zu Hause, im Auto, mache Aerobic dabei und grille im Garten. Alle waren dagegen, dass du hier auftrittst, ehrlich, wegen deinem homosexuellen Charakter, sag ich dir ganz offen. ›Małgorzata‹, sagt der Produzent zu mir, ›ich will nur hoffen, du verschonst mich mit diesem Pseudokünstler, mit dieser finsteren Logenschwuchtel.‹ Langer Rede, kurze PIN, gib mir fünf und lass sie gerade sein, dazu ein Zuschuss von der Stiftung *Pro Homo*, und man soll sich ja nicht selber loben, aber ich hab es geschafft, dort oben dieses kranke Projekt durchzubringen, und krank ist das echt!«

Aber es kam schlimmer und schlimmer. Vertraulich deutet sie auf seine Eier, zwinkert dazu mit dem einen und dann mit dem anderen, endlich auch mit beiden Augen: »Jetzt mal ehrlich, Stan, das mit dem Homo, das ist ja wohl Verarsche für die Promo, aber was ist mit dem Logenbruder? Hat deine Wurst, im Klartext: Hat dein Glied jetzt echt keine Pelle?«

Schockiert ist Stanisław von diesem Stand der Dinge und ihrem taktlosen Verlauf, er schämt sich, kriegt kirschrote Ringe im Gesicht, der Leser versteht das nicht, er stellt sich vielleicht vor, auf solche dreisten Unterstellungen, da würde er ganz anders reagieren, und zwar sofort: Kulissen runterreißen und drauf pissen, sich keine Blöße geben, mit gewaltigen Stößen die Moderatorin verunstalten oder vergewaltigen, das meint die Mehrheit der Befragten, für so spontan und furchteinflößend angesichts der Schmähung hält man sich. Doch wenn der Augenblick kommt, dann stehst du da, stehst da, stehst da, vom Psychokampfstoff übermannt, eine zerbrochene Harke in der Hand und ein Eimerchen Sand, in das fremde Jungens pinkeln, und der Speichel tropft dir bleich aus seltsam verrenkten Mundwinkeln, o mein Gott.

Genau so steht jetzt Stanisław da, erschlagen von der Wucht der Hodensatz'schen Argumente, panisch wie ein wildes Tier, von einem unscheinbaren Geräusch alarmiert, Verdachtsmomente schießen ihm durch den Kopf wie eine Heerschar juckender Läuse, verrückte Ahnungen, während die Hodensatz entzückt an ihren Nylons rupft. Wir kommen noch darauf zurück, denn grundlos waren diese Ängste nicht. Auch Stan hätte sofort das Mikro abgeknöpft, gewiss, und wäre gleich gegangen, wäre er nur nicht so hungrig gewesen und hätte auf das Catering gehofft, sich den Magen vollschlagen und noch was nach Hause tragen. »Mein Herz schlägt im Rhythmus der Liebe«, spricht er immer wieder, um sich zu beruhigen. »Unsere Sendung, das ist eine Neuheit«, erklärt Małgorzata Hodensatz, »im Ersten, über objektive Meinung und korrekte Weltanschauung. Ein paar Fragen, du musst nur bejahen. Gleich kriegst du einen Zettel, da steht alles drauf, aber erst noch in die Maske, das Catering dann später, nach dem Programm.« Dabei ist er jetzt so furchtbar hungrig! Aber Pasta gibt's nicht, basta,

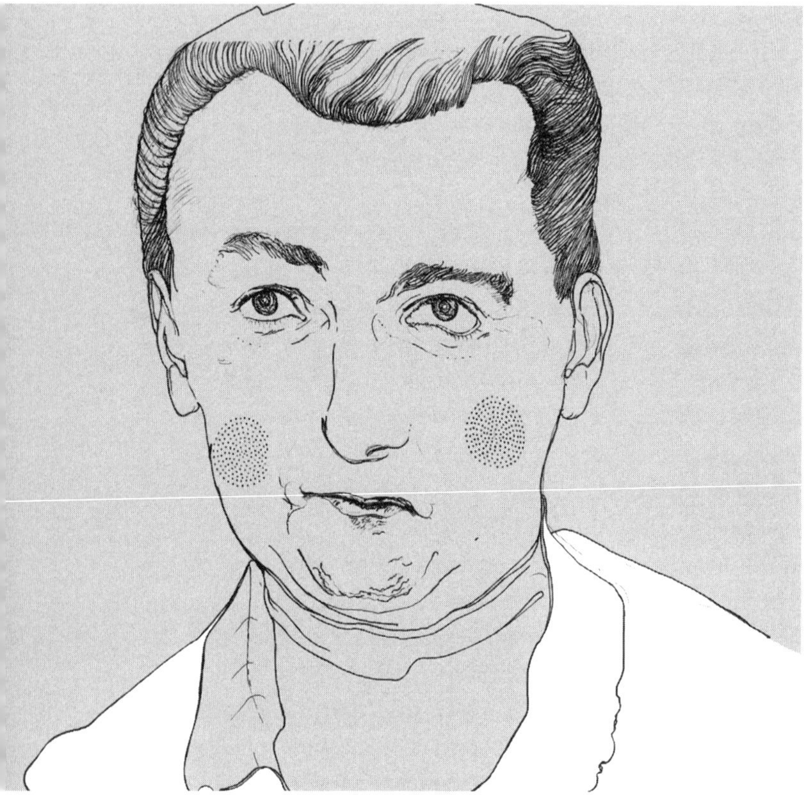

Schockiert ist Stanisław von diesem Stand der Dinge und ihrem taktlosen Verlauf, er schämt sich, kriegt kirschrote Ringe im Gesicht …

erst die Maske, damit die Fratze nicht glänzt, schon klar, aber irgendwas stimmt hier nicht, irgendwas läuft schief, die Kacke ist am Dampfen. »Zu kurze Wimpern«, sagt ein Weiblein, schon klebt das andere ihm aus Kunststoff welche an. (»Wer ist das?«, tuscheln sie über ihm. »Ein Stanisław angeblich.«) Dass sie im Fernsehen diese Schminke machen, diverse Spachtelmassen, damit die Fresse nachher nicht glänzt, stimmt, das ist er gewohnt, aber dass man ihn auf alte Puderschachtel trimmt, hat er noch nie erlebt, Farben, Glitter, Flitter, irgendwas schnallt er hier nicht, und warum haben sie ihm Hemd und Hose weggenommen? »So können Sie hier nicht ankommen, das ist eine landesweite Übertragung.« Und zwängen ihn in superenge Klamotten, Metallichosen und eine Wellblechrobe. »Noch femininer!«, schrie der Regisseur, und schon erschien er in der Garderobe. »Eh Mann!«, sagt Stanisław, als man ihn auszieht, »jetzt reicht es, aber echt!« Aber da sind seine Sachen alle weg, alle eingesackt, er selbst in Stanniol verpackt, kämpft mit den Tränen, so werden seine Fans ihn sehen, Begegnung der dritten Art, Barbie mit Dreitagebart, süßliche Czarek-Mończyk-Kopie, doch zum Weinen ist keine Zeit. »Stan, bist du bereit?«, ruft Moderatorin Małgorzata Hodensatz. »Hier der Zettel mit den Fragen, da drunter das, was du darauf sagen sollst, das lernst du jetzt schnell auswendig, mindestens den Inhalt und die Überschrift, ein bisschen kannst du ergänzen, hier ein Stift, aber rasch, gleich geht die Aufnahme los.«

Was?!, denkt Stan, wie das?!! Er ist noch immer wie vor den Kopf gestoßen von seiner peinlichen ästhetischen Pleite, von der Schlagseite seines Erscheinungsbildes, und jetzt kommt es immer bunter, die Realität geht brutal drüber und drunter, Antworten vom Zettel lernen, in wenigen Minuten? Diese Mission ist auch für höhere Intelligenzen impossible, eine unmögliche Posse, niemandem zuzumuten. Lass mal sehen, was steht auf dem Blatt? In Großbuchstaben ganz oben: »FINDE MIT UNS«, und darunter kleiner der Text der Hodensatz: »Stanisław Retro, bekannter Schlagerstar und Liedermacher«, und so weiter, er las nicht genau, konzentrierte sich mehr darauf, was er selber sagen sollte, das war gar nicht so schwer, er sollte immer nur »ja« sagen (Querstrich »ja genau«/ »eben«) und hinzufügen: »Meine ganz besonderen Grüße gehen an« (als Alternative wurde »herzlichen« und/oder »freudigen« empfohlen) »alle meine Fans.« Und dann noch ein kleiner Appendix, um bei unvorhersehbaren Fragen nicht ins Schwimmen zu geraten, sollte er Małgorzata Hodensatz immer zustimmen. Das war ja wohl nicht allzu kompliziert, sein Gehirn war vielleicht ein bisschen abgescheuert, von der Sucht nach dem Computerspiel *Piratenbucht* und nach Cocktails *Abendgrau im Morgenrot*, aber das Gestotter konnte er sich noch merken. Er sprach die vorgeschriebenen Wörter so oft nach, bis er sie konnte, sogar hintereinander, nicht umsonst hatte er mal einen Lesekurs gemacht, und schon begann die Fernsehaufzeichnung, die vom fetten Catering gekrönt sein sollte, aber – dem Leser ist auch das schon klar – nicht war.

Nun aber, wie es dazu kam, wie das passierte, Film ab, bitte lächeln, rauschender Applaus des vom Computer fingierten Publikums, dies und das. »Herzlich willkommen in unserem brandaktuellen Programm FINDE MIT UNS, große Silvestergala 2005. Den Titelsong spielen *Die Pferde.*« (Vor Wut auf Szymon hätte er sich am liebsten den Kopf abgerissen, das Haar zerfetzt!). Der Text des Liedes hatte sich längst in seinen mentalen Kreislauf geätzt: »Lalala, Meinungen gibt's viele und Ansichten noch mehr, die einen besser, andere schlechter tralala, so leicht bist du im Spinngeweb der Lüge verstrickt, yeah yeah yeah, aber sei wachsam, finde mit uns, finde mit uns heraus, wie die Wahrheit tickt, und habe Ansichten mit uns.« Das Lied hätten sie besser mal auf Englisch gesungen, dann hätte es vielleicht intelligenter geklungen, dachte Stan, subtiler. Danach ein kurzes Interview mit einem bekannten Schauspieler über die positiven Seiten der Abtreibung und dann der Clou, sein eigener Auftritt. Er kam vor Aufregung ein bisschen ins Schwitzen, übte vor dem Betreten der Bühne nochmal seinen Text, jedes Wort sollte sitzen. »Jetzt!«, hörte er den Regisseur flüstern, Bühnennebel wallt, willkommen im Studio, rauschender Computerbeifall feuert ihn an, schon ist er benommen inmitten von Scheinwerferlicht und Kameras, und dort im Glanz der Mediengaukelei stand Małgorzata Hodensatz, wimpernfächelnd, lieblich lächelnd wie auf dem Foto Lady Di, Königin der Herzen, sie ist so frei, ihn zärtlich zu küssen, damit alle wissen, wie gut und intim sie sich kennen. Und dann begann das glücklose Gespräch, bei dessen bloßer Erinnerung er schon wieder Kammerflimmern kriegt, negative Herzprobleme, das war der Hammer, denn mal abgesehen, mit was für Geschwafel dieses Frauenzimmer kam, kurze Vorstellung Stanisław Retro, der allseits bekannte Sänger, Popmusikstar, das ist ja richtig und wahr, aber dann gerät die Realität total aus dem Lot. »Stanisław, Ehrlichkeit ist oberstes Gebot unserer Sendung. Wir haben dich zu einer Diskussion über die homosexuellen Minderheiten eingeladen«, sagt Małgorzata Hodensatz und legt ihm ihre Hand aufs Knie. »Sei ehrlich, wenn nicht heute, dann nie, bekennst du dich offen zu deinen schwulen Tendenzen? Wissen auch deine Fans davon?«

Wie?? Was?? Spinnt er, oder scheint das jetzt nur so?! Plötzlich geht nichts mehr, im zähen Teig des Zifferblatts verkleben die Zeiger der Uhr, eine seltsame Rotzspur zieht jeder Augenblick hinter sich her, Małgorzata Hodensatz bleckt ihr Gebiss so blitzend weiß, als hätte sie Kaugummi draufgeklebt, das Zahnfleisch rot wie Kupfer, ein vollgesogener Tupfer unter der Oberlippe. Ihre Comedy ist mäßig, gerade so auf der Kippe. »Ich bin kein Schwuler, das solltest du wissen«, sagt Stanisław zornes- und eifergeschwellt, »mir ham se noch nicht ins Hirn geschissen!«, und rauft sich zur Betonung seiner Emphase die Schöße der technometallischen Weste, als zerreiße ihm Kummer die Brust, schöner wohnen im *Reytan-Resort*, keine Lust, und jedes unfeine Vulgärwort von ihm geht sofort in einem Meer von Beifall unter. »Ich hab nichts gegen Schwule, aber wenn mich ein fremder Typ oberhalb der Ellbogenkuhle anfässt, geb ich mir doch die Kugel. So viel zu meiner Weltsicht, falls du's wissen willst«, schreit er voller Gram auf alle für alles, Tränen, Blut und Schweiß, der ganze Scheiß dieser Verlogenheit, ungerechte Attacken, rufschädigende Lügen, und sieht, wie Małgorzata Hodensatz' Züge zittern und grollen, wie sie mit peristaltischen Brauenbewegungen Zeichen gibt, als würde Mama die Augen rollen – »Man klaut nicht zu Besuch!!« –, und ihm lautlos Wörter vorkaut wie ein elektronisches Buch. Da er stur bleibt und nicht reagiert, platzt aus der Hodensatz ein perlendes Lachen, sie nimmt das Ganze als überdrehten Scherz, Hand aufs Herz, und computersimuliertes Gelächter, anbrandender

Beifall, Bravogeschrei des Geisterpublikums überspülen seine Worte wie einen glatten Strand. Die Hodensatz wälzt sich vergnüglich auf der Couch und reißt sich dann zum Schein zusammen. »Autsch, aber Spaß beiseite, jetzt mal in echt, Stan: Wie kommt denn deine Fangemeinde mit deiner Homosexualität zurecht?« Dabei blickt sie ihm mit ihren toten Icefresh-Bonbons ins Gesicht, grinst ihr mit Tesa angeklebtes Wohlfühl-Lächeln und sagt dann wimpernfächelnd in die Kamera: »Wir bitten jetzt erst einmal alle Zuschauer da draußen vor den Bildschirmen zur TED-Abstimmung. Die Frage lautet: ›Hat sich Stanisław zu Recht geoutet? Bist du für oder doch gegen seine Homosexualität?‹ Aber noch einmal zu dir zurück, Stan, du hast wirklich einen ganz vorzüglich witzigen Humor, Mann, boah, ha, ha!«

Wie die Sache weiterging? Sich das auszumalen, ist kein Ding, wenn man Stans Charakterzug namens »allgemeine Reizbarkeit« bedenkt. Er fühlte sich beengt, als hätte ihm wer Watte in Mund, Rachen, Nüstern und restliche Öffnungen gestopft. Dermaßen der verbalen Ausdrucksmöglichkeiten beraubt, gestikulierte er hektisch wie ein Ertrinkender, fuchtelte apoplektisch, winkte, raufte sich das Wams, schnappte nach den Sofalehnen, alles nur, um öffentlich nicht loszuheulen. Doch wie groß war seine Verzweiflung, als er, ohne die Gründe zu kennen, plötzlich in schreckliches Gelächter ausbrach. Erst als er wieder halbwegs aus den Augen guckte und nicht mehr zuckte, sah er, dass diese finale Blamage von einem Finger der Hodensatz kam, der ihn an den Rippen kitzelte. »Woww!«, brüllte virtuell das simulierte Publikum, und die Hodensatz witzelte: »Welch feine Ironie!« Er entriss

Aber noch einmal zu dir zurück, Stan, du hast wirklich einen ganz vorzüglich witzigen Humor, Mann ...

sich ihr und schrie wie ein waidwundes Tier: »SIND SIE BEKLOPPT??!!« Rupfte sich verzweifelt von den Augen die Wimpern wie Streu, Herzchen Hodensatz markierte scheu Verwunderung und schlug die Lider zu ihm auf. Aber es kommt noch schlimmer, es gibt noch was drauf, denn in dem allgemeinen Gerangel um Homos und Hoden gingen Dinge vom Tisch zu Boden, darunter ein aus EU-Geldern angeschafftes Super-Satelliten-Mikrofon. Die Hodensatz winselt: »Oh non! Bitte nur das nicht!! Aufnahme stopp!« Jemand läuft, ein anderer ruft: »Hilfe!« Schlimme Sache, dazu ist im Durcheinander die Computerlache eingerastet, Heiterkeitsorgasmen aus der Konserve. Stan nutzt das Chaos und den Schock des Teams und hastet mit Verve davon, sieht sich nach einer großen Tasche um. »Haltet den Mormonen!!«, hört er hinter sich drohen. »Der hat das Mikrofon kaputt gemacht!« Er läuft und redet auf den Wachschutz ein: »Veranstalter, Veranstalter«, wenn die wüssten, Alter. Er hätte sich vielleicht nicht so unhöflich benommen, wäre er nicht so hungrig gewesen und hätte seit Tagen nur Makkaronikonzentrat zu essen bekommen und hätte nicht Szymons Alkohol finanziert, dieses bescheuerten Fachmanns für Medienverarsche, und hätte seine blöde Freundin nicht einen halben Tausender in ihr klebriges Haar investiert. Aber vom Catering und all den Säften bekam er nur zwei Liter Cola zu greifen und rannte jetzt aus Leibeskräften, den Wachschutz beiseitestoßend, zur Tram, dann zack in die U-Bahn, wieder in die Tram und im Laufschritt nach Hause. Und nach so einer Geschichte soll man kein Tief kriegen, psychisch nicht schiefliegen? Vom destruktiven Wunsch nach Szymons Ermordung überwältigt sein? Ihn hält rein gar nichts mehr, er wusste sehr wohl, wohin und wen er töten ging, und auch wir Leser ahnen, was die Figuren dieser Geschichte planen.

Dieser Skandal im Fernsehkanal war das eine, das andere kam später, als Szymon, der Verräter, abends anrief und er zum Telefon lief. »Stan schnell, Szymon am Apparat!« »Blöde Kuh, warum rufst du mich nicht gleich?!« »Du hast bei *TVP* ganz schön die Sau rausgelassen, hab ich gehört, das beste Satelliten-Multikanal-Mikrofon zerstört, das wird teuer, und alle sagen, dich hat *Polsat* angeheuert, die hätten dich dazu angestachelt, das Mikrofon kaputt zu machen. Ich musste ganz schön scharwenzeln, aber wenn du bei dieser Hodensatz hingehst und dich entschuldigst, dann drücken sie ein Auge zu. Vorausgesetzt, du bist zu einem Nachspiel in eigener Person bereit, sie brauchen nämlich ganz unbedingt jemand für ein Gespräch über die schwule Minderheit.« Stan darauf, Tränen der Ratlosigkeit im Gesicht: »Szymi, sag mal ehrlich, sind wir Freunde oder nicht, was geht hier eigentlich, was soll die Kinderei? Ich mach es ja, ich geh da hin und kann auch Meinungen und Ansichten repräsentieren, ich gucke ja Fernsehen, kenne mich von daher aus und brauch mich nicht genieren, aber die stempeln mich da zur perversen Sau, das geht nicht an. Die kleben mir da Augenwimpern dran, total peinlich ist das, Mann. Die ziehen mir die Hosen ab und was weiß ich noch, da muss man doch sauer werden. Ich wollte dieses Mikro nicht zerstören, das war irgendwie ganz anders, und dann diese Hodensatz da ...« Aber Szymon lässt ihn nicht mal ausreden: »Von wegen perverse Sau, von Sau kann nicht die Rede sein, das war doch gerade die Option, deine Medienpräsenz propagieren, deine Popularität promoten, Ruhm und Geld, war das nicht die Option? Und du, statt zu kooperieren, stellst abartige Dinge mit dem Mikro an, Blamage, Sabotage, keine

Gage.« Bla bla, egal, wie dieses leidige Gespräch weiterverlief, jedenfalls kollidierten Stans Ideale mit Szymons merkantilen Interessen, Moral gegen Fressen, und seitdem rief er kein einziges Mal mehr an. Und so bläst der Wind die leeren Chinasuppentüten über den Estrich im Dunkel der Wohnung, die zwar bewacht war und frisch gemalt, vor allen Dingen aber was war? Vor allen Dingen noch nicht abbezahlt.

Rufen wir uns noch einmal alles in Erinnerung. Im Übrigen besagt fehlende Orientierung im Ablauf der Ereignisse noch gar nichts, schadet nicht, ist nicht maßgeblich. Dieses Lied entstand aus Mitteln der Europäischen Union, bei seiner Entstehung und Promotion halfen außerdem *Superexpress, Fakt, Viva, Radio Oldstar* und *TV Polska*. Es enthält zahlreiche Hilfen, die aus nicht genannten und nicht selbst zu vertretenden Gründen geistig lahmen und ausgebrannten Personen die Aufnahme erleichtern sollen. Unser Ziel war, ein für jeden verständliches Buch zu schaffen, ein Buch, so leseleicht, dass man es jederzeit liegen und stattdessen Wasser lassen kann. Zum Schreiben wurde eine schöne, ausgesprochen langbeinige Autorin bestellt, damit das Buch den Leser lockt und ihm gefällt. Ihre Körperöffnungen wurden mit Lancôme-Kleber gefüllt. Dadurch menstruiert sie nicht, schwitzt nicht, nässt sich auch nicht ein, was das Buch noch spannender und viel verständlicher macht. In der Hand hält sie einen Gummisäugling Marke *My Baby*, 153 Złoty. Den musst du dir holen, dann bist du wie sie. Dieses Buch entstand aus Mitteln der Europäischen Union. Sein Ziel ist die intellektuelle Integration der dümmsten anzunehmenden Leser in Polen.

Also Silvester. Ein Tag im Leben des Stan Retro, nicht sein bester, aber auch in Anna Przesiks Leben nicht ihr bester Tag. Schon von morgens an lief alles schief, obwohl es so schön werden sollte. Er mache einen genialen Deal, verkündete Stan seit Tagen, sie würden Schotter haben, so viel, sich mit den Scheinen den Rotz abzuwischen und den Gasherd anzuzünden. Und sie war frohgemut, am Morgen war noch alles gut, sie wollte sich was zum Anziehen kaufen, bisschen frei, damit wie zufällig ihr Arschgeweih »Patriarchale Kultur« rausgucken sollte zum Beweis dafür, dass sie auch nach der Gipsabnahme hip war. Doch diese Illusion zerplatzte durch das Gemetzel mit Stan am Morgen, alles verpatzte sein Herzanfall, es blieben nur Sorgen, und was dann geschah, davon schweigt des Sängers Höflichkeit. Ehrlich gesagt, liebte sie Stan vielleicht sogar, ganz sicher war sie da nie, denn das Wichtigste war für sie, dass sie partout das lyrische Du seiner Lieder sein wollte, Vorname »You«, Nachname »Baby«, damit die weibliche Fangemeinde vor der Bühne heiß mit ihrem Harn die Höschen nässte, ohne zu ahnen, dass sie die Allerbeste, dass alles über sie war, Anna Przesik, neolinguistische Poetin, I always, You never, das verlieh der Existenz ihrer Person einen höheren Charakter als anderen Mädchen. Aber seit sie mit ihm zusammen war, wurde ihr klar, dass Szymon in Wirklichkeit die Texte für Stanisław schrieb, obwohl der vor ihr weiter so tat, als würde er sie selber verfassen, besonders wenn er sie mal Computer spielen lassen sollte, sah das immer so aus: Auftritt Stan. »Brandeilige Sache, hab da einen Text in der Mache, muss sofort ran.« Und sitzt dann da, täuscht kreatives Schreiben vor, obwohl man sah, dass er sich *GTA* oder *Piratenbucht* auf den Desktop zog. Nie ließ er sie spielen. »Guck mal in die Küche, Anka, da ruft schmutziges Geschirr, ich glaube, diesmal ist's ein Topf.« Immer hatte er nur seine Priorität im Kopf, sie durfte mitfiebern und Beifall klatschen, die Zeit stoppen, in der er diese oder jene negative Figur zermatschte. Spiel doch Lego, hieß es dann. Sein hypertrophes Ego, sein Katholizismus und Patriarchalismus (jetzt war ihr klar, was das hieß), und wenn sie schon mal an die Maus kam, schoss er aus dem Teppichboden raus, schrie herum, raufte sich wie Rumpelstilzchen die Kleider vor Wut auf der Brust, gab ihr unablässig apodiktische Weisungen: »Drück dies und das, töte den und den, was machst du denn, wozu bist du in diese Kammer da gegangen, bist du völlig bekloppt??!« Egoist, Erbe der dummen patriarchalen Kultur, eigentlich hatte sie, Anna Przesik, ihn vermutlich nämlich gar nie geliebt. Er erniedrigte und beleidigte sie, machte sie immer nur schlecht, achtete weder ihr Geschlecht noch ihr Alter, ihre Bildung und ihre Schönheit, drangsalierte den neolinguistischen Charakter ihrer Gedichte, ihr Talent, ihre Popularität und den Ruhm, betrog sie per SMS mit 12-Jährigen aus Schweden, verbot ihr langes Reden am Telefon und machte ihr jetzt auch schon zum Vorwurf, dass sie zu viel Gas und Wasser verbrauche. Deswegen hätten sie Geldprobleme, denn wenn sie weniger Gas und Wasser nehme und Licht zum Schminken, wäre alles anders, und sie könnten sich gute Nudeln leisten, die weniger stinken. Bis das Fass der Bitterkeit jetzt vor dem Fest noch überlief: Er sagte wieder mal zu ihr, sie sei keine Spur berühmt und auch nicht attraktiv, ging dann in die Stadt, was zu erledigen, sie war allein zu Haus, und sie hatte es satt und beschloss, ein Gedicht in der soeben erst entdeckten Stilrichtung des Interpunktionismus zu schreiben, also Gebilde aus Punkt Punkt Komma Strich. Das hurtige Flämmchen der Inspiration erleuchtete sie schon, das sollte jetzt richtig einschlagen, dass die Kritiker keinen Pieps mehr sagen. Also setzte sie sich an den Rechner, und jetzt kommt's, warum der Interpunktionismus nicht der Hit der Saison wurde: Auf »On« ploppte das Ikon von *Neostrada* auf, und zufällig stieß sie auf die Rubrik »Eigenes Forum anlegen«. Ein Klick, mal kurz überlegen, dann schrieb sie unter »Thema eintragen«: »Was hast du dazu zu sagen, dass Stanisław Retro immanent schwul und impotent ist?« Gleich darauf loggte sie sich als »Neunzehn_Mirela« ein: »Ja, ich glaube, Stanisław ist impotent und eine ordentliche Schwuchtel. Aber ich kenne seine Freundin, Anna Przesik, die ist 'ne Wucht, echt interessant, klug und schön, eine sehr begabte Neolinguistik-Lyrikerin.« Und darunter trug sie listig ein: »Ich pflichte meinem Vorredner zu.« Dann machte sie immer öfter, bis hin zu täglich, Einträge in dem selbst angelegten Forum, inklusive ihrer eigenen waren es, wen wundert's, schon fast tausendfünfhundert. »Mistkerl, Logenbruder, Schwuchtel, Arschloch, Assi.« »Ich war mit ihm auf der Grundschule, und er hatte schon damals diese Neigungen. Er trug so seltsame Latschen, war nicht besonders hell und schlecht in Handarbeit, vermutlich schon damals homosexuell.« »Einmal kam dieser Versager in die Bäckerei in Praga, wo ich arbeite. Er war arrogant, warf absichtlich zwei Brote vom Regal, um zu zeigen, wie egal ihm alles war und was für einer er ist. Als ich ihn frank und frei heraus auf Englisch ansprach, wusste er überhaupt nicht, was lief, der ist nämlich so primitiv, dass er nicht mal Englisch kann. Anbaggern wollte er mich und fuhr unheimlich auf mich ab. Mein Freund Adam, der kriegt das Schwein dafür am Arsch und macht ihn alle wie einen Hund, sagt er. Zum Glück ist dieser ordinäre Mensch kein Grund, mein Glück mit Adam zu zerstören. Meines Erachtens nach hat er weder Ruhm oder Talent und Geld auch keins, es ist mir fremd, wie solche Personen dieses Zuschnitts Karriere machen. Leute, nehmt euch in Acht vor dem. Kaska_LepEinundzwanzig aus Danzig.« Anna Przesik hingegen, das ist richtig, scheint abhängig vom Anlegen immer neuer Foren geworden zu sein, geradezu süchtig.

Dann kam das Zerwürfnis wegen fünfhundert Złoty für den Friseur. Sie hat eben auch mal Bedürfnisse, will ja auch aussehen irgendwie. Zwar hat ihr dieser Charmeur zum Glück nicht alle Haare ausgerissen, aber sie hat aus Rache trotzdem sieben Einträge unter dem Pseudonym »Jan Englert« und »Xynthia_siebenundzwanzig« geschrieben: »Stanisław Retro hat es mit einer Schlange getrieben. Das weiß ich von seinen Bekannten, die das sicher wissen.« Aber das Argument war wohl etwas übertrieben, jetzt war ihr ein wenig bange, denn auch wenn er sich nichts anmerken ließ, war er doch ganz schwach und leicht deprimiert, und dass er's gelesen hatte, wusste sie garantiert. Dazu rückte dieser Szymon das Geld nicht raus, jetzt stritten sie noch um den Pulli, und woher sollte sie wissen, dass er diese Unpässlichkeit mit den Herzgefäßen hatte und zu Späßen nicht bereit war. Jedenfalls hatte sie schon ein bisschen Angst, er könnte sterben, aber zugleich, da amüsierte sie die Vorstellung und kitzelte ihre Fantasie. Denn sie, Anna Przesik, sah sich gern als Heldin eines traurigen Films. »It is a widow after

Stanislas Retro«, sagt der Sprecher aus dem Off. »She is in polonistics interested and she also interesting neolinguistics poetry. His boyfrend is dead, Stanislas his name was. She is beautiful so and her eyebrows are depilated off.« Doch da kannst du lange warten, Tod ist nicht, alles Verarsche, nach einer harschen Weile ging es Stan schon besser, ob das nun gut war oder voll daneben, vielleicht hätte er nach dem Ableben endlich mal die Klappe gehalten, Silvester wäre richtig gut geworden und ihre Gedichte wieder in aller Munde. Aber nein, er ist schon wieder in Form, besser als üblich. Typische Pose: Lose schwenkt er die Tüte mit der Chinasuppe, des eigenen Gliedes Verlängerung, Potenz-Surrogat, man sah, dass er da alles in Händen hielt, was er jemals geliebt, und wenn er könnte, hätte er es damit getrieben wie mit einer Uhse-Puppe, aber vor Hunger tat's ihm doch ein bisschen leid um die gute Chinasuppe. Wie hatte sie den überhaupt je lieben können? Echt jetzt, der Typ hat doch Titten wie eine Frau.

Zu der Zeit telefonierte Stan noch Szymon hinterher. Am Abend sollten Gäste kommen, zehn der bedeutendsten Medienakteure, darunter auch Mac Robert, Musikkritiker, der die Gruppe *Pferde* verreißen sollte, und Stan wurde immer zittriger: »Anka, nun sag doch dein Gedicht auf, wenn du willst, ich will es und bin schon ganz versessen darauf!« Er dachte, dann würde sie Ordnung schaffen und Essen machen für die Gäste. Davon kannste träumen. Feste und Essen, das war ihr aus reiner Schikane völlig egal, diese Kultur war ihr viel zu patriarchal. Sorry, sie muss sich jetzt mit Isolierband die Haare von den Armen epilieren. Darauf hat sie jetzt mal eben Lust,

Schluss mit Verrat und Alltagsfrust. Er zischelt nur durch seine Zähne: »Okay, schon gut, du wirst schon sehen.« Da war es auch schon Abend, und zu erzählen, was dann kam, tut richtig weh.

Eine schwere Textpartie haben wir geschafft. Im obigen Fragment erzählt die Freundin des Protagonisten die Geschichte aus ihrer Sicht. Den Bericht versteht man nur spärlich. Er ist gespickt mit anglosächsischen Wörtern. »It's a widow after Stanislas Retro.« – »Sie ist Stanisław Retros Witwe.« Dieses Lied entstand aus Mitteln der Europäischen Union. Es enthält praktische Informationen zur maximalen Erleichterung seiner Rezeption, damit der Leser statt lesen fernsehen gucken kann, ohne sich in der öffentlichen Diskussion diskriminiert zu fühlen oder Herrschaftswissen missen zu müssen. Wenn der Zwang zur Lektüre bei dir großen Widerwillen und Unlust weckt, dann war das insofern bezweckt, als es von einer ausgesucht untalentierten, vor allem aber absolut unattraktiven Autorin stammt, damit du nicht lang überlegen musst, ob das Buch gut oder schlecht ist, mein Gott, leg es einfach beiseite, alles, was recht ist. Mit der Wahl einer so hässlichen und dummen Person zur Autorin lindern wir die Qual jener Leser, die sich bei der Lektüre mit unangenehmen Neid- oder Eifersuchtsgefühlen plagen oder das Buch überhaupt nicht gelesen haben, aber dennoch etwas zur Sache beitragen möchten, wenigstens eine kleine Geste. Wenn du also trotz ungeheuren literarischen Talents immer noch nicht debütieren durftest, wird die Einflussnahme auf das Schicksal dieser unbegabten Autorin, sei es nur durch ein paar beißende Bemerkungen über ihre Hässlichkeit, ein intimes Band zwischen euch schaffen und bewirken, dass du in Gesellschaft als belesen und meinungsstark brillierst.

Silvester. Dezember zweitausendvier. Gegen acht sollten die Gäste kommen, kamen sie auch, aber nur zwei, und erst gegen neun. Mit seinem Mädchen, halb so alt wie er und alkoholisch schwer geprüft in dieser Nacht, kam Mac Robert auf seiner zünftigen Kawasaki einhundertacht, recht einflussreicher Musikjournalist, Anfang fünfzig, in letzter Zeit wieder im Rampenlicht dank Comingout mit seinem Übergewicht und der öffentlich breitgetretenen Leidensgeschichte seiner Fettleibigkeit. Autor eines Verrisses über die Gruppe *Die Pferde*, aber nur in spe, also vergiss es. Leider verzagt und irgendwie hibbelig. »O wei, wo sind denn die anderen Gäste«, rief er mit falscher Heiterkeit schon im Flur, während er die Cowboystiefel mit goldener Klammer abstreifte, sich die schwarzgetönte Mähne von imposanter Länge vor dem Taschenspiegel kämmte und dazu die Zähne bleckte, farblich passend, aber dafür echt, und den Wind über den kahlen Tisch hinwegfegen sah, darauf nur ein paar leere Chinasuppentüten sich tummelten, die Unordnung ringsum, an der das Apartment in bewachtem Wohnkomplex krankte, wo Unterhose sich an Unterhose rankte, mit Wochentagen darauf. »Meine Güte, eher ungezwungen häuslich hier«, konnte er nur sagen, und sein junges Mädel, als Vorabend-Serien-Debütantin spezialisiert auf die Rolle der über die Straße gehenden Passantin, rülpste, rhythmisch wankend, zum Zeichen der Zustimmung laut. »Ein paar ziemlich interessante, glaub ich, Leute sollen noch kommen, warten wir bis zehn«, machte Retro Stanisław wieder gute Miene zum sattsam bekannten

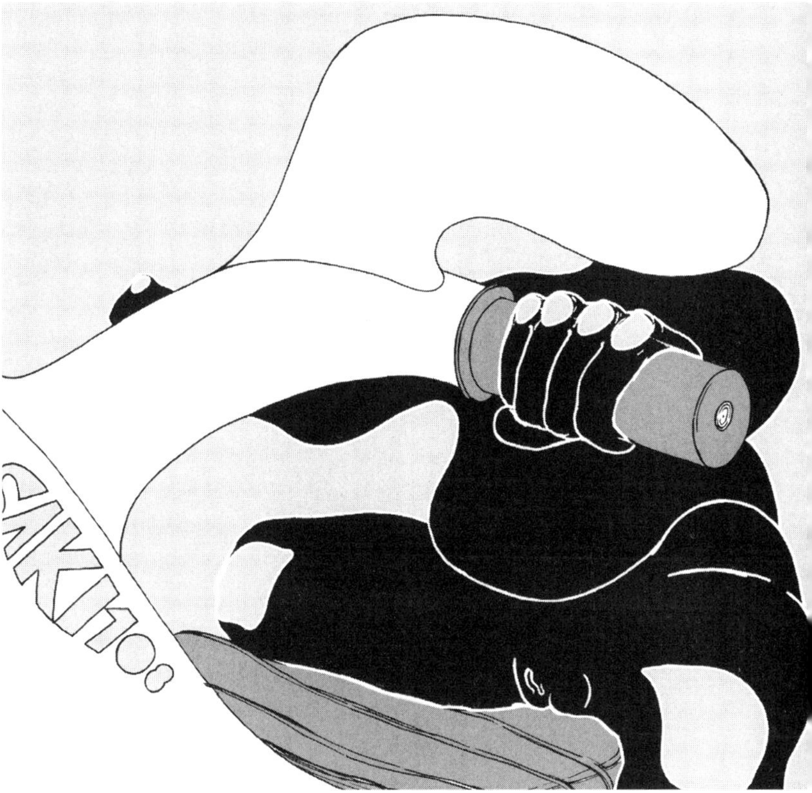

... kam Mac Robert auf seiner zünftigen Kawasaki einhundertacht, recht einflussreicher Musikjournalist, Anfang fünfzig ...

Spiel und nahm seinen Gästen, damit sie nicht gehen, die Schüssel mit Tiefkühlkrabben ab. »Ich verachte dich«, sprach Anna Przesik, als er sie im Küchenschrank versteckte. Dass sie später nützlich werden, wird sie noch sehen, dachte sich Stan und stellte eine Schüssel trockene Makkaroni auf den Tisch und den Salzstreuer daneben. »Wer hat Appetit auf Häppchen«, spielte er höflich den Gastgebenden. Mac Robert blickte skeptisch, vielleicht auch deshalb, weil er auf beiden Augen schielte, und währenddessen wurde alles gleichsam immer schlimmer. Der Wendepunkt war dann vielleicht, dass Roberts Mädchen fruchtlos versuchte, ihre Stiefel auszuziehen, was ihr trotz Hilfestellung nicht gelang. Dort, wo sie saß, markierten zwei graue Streifen auf dem Parkett ein schlammiges Biotop – wo doch die Party gerade erst anfing. Kein Wunder also, dass Stan ihr einen schwarzen Plastiksack unter die Stiefel schob. Sowieso war sie ja kaum bei Bewusstsein und hatte die Augen höchstens zur Hälfte offen, und das hier war alles noch nicht abbezahlt, der Teppich von Ikea, das Parkett. Robert war so nett und saß in Strümpfen da, der hatte noch ein bisschen Kultur, war nur irgendwie nicht ganz beisammen und mied mit den Augen jede Spur seines Blicks, war wenig gesprächig, einmal prüfte er ständig die Anzahl seiner Kettchen und Ringe (das waren viele), dann spielte er auf dem Handy Spiele, drehte am goldenen Siegelring mit Totenkopf, und die von Anfang dicke Luft wurde von dem Vorfall mit dem Sack noch dicker. Um diese atmosphärische Gruft aufzuhellen, sagte Stan: »Darf ich vorstellen, Anna Przesik, arbeitslos.« Ein bisschen stellt er sie damit schon bloß, klar. »Hmm, haste mal Kleingeld, dann geht Anka paar Getränke holen«, fügte er gleich darauf hinzu. Mac wunderte sich verstohlen, zückte aber das Portemonnaie, doch sie darauf: »Nee, geh'n tu ich nirgendwohin«, und bockte. Also musste er fluchend selber los, die *Spirituosen am Ende der Welt* aufsuchen, woher sollte er

… die von Anfang dicke Luft wurde von dem Vorfall mit dem Sack noch dicker. Um diese atmosphärische Gruft aufzuhellen, sagte Stan: »Darf ich vorstellen, Anna Przesik, arbeitslos.«

wissen, was die in seinen vier Wänden anstellen würden? Nun gut, er brachte vier Flaschen *Soffia* mit, günstig, aber Markenwein, glaub ich, und gut für'n Punsch. Merklich verstummt das Gespräch, als er eintritt. Es ist schon nach zehn. »Kommt denn niemand außer uns?«, fragte Robert wieder. Mein Gott nochmal, kann der Alte nicht endlich die Klappe halten? Und sein Mädel, an die vierzig Jahre jünger als er, gibt autonom und rülpsend zu diesem bösen Traum das Metronom. »Ja doch, aber später«, sagt Stan, weil ihm reißt die Geduld. »Das heißt wann?«, fragt Mac. Und Stan zu ihm: »Später, Mann.« Vielleicht etwas heftig, wenn es nur endlich zwölf wär, denkt er, und diese Farce ein Ende fände. »Nehmt doch von den Nudeln«, bittet er munter und streut großzügig Salz darunter. Anna Przesik ist schon arg ramponiert, gießt sich ja gern einen hinter die Binde, hygienisch ist die jedenfalls nicht und irgendwie völlig durch den Wind. Fleckig erblüht ihr Dekolleté, das Gesicht verkrampft und speckig, rot wie der Mohn bei Monte Cassino, zu heiß gewaschen, von Strömen durchzuckt, elektrisch geladen wölkt sich ihr Haar, so wird in ihrer Physiognomie der Prozess der inneren Wandlungen offenbar. Jedem Schritt von Stan folgt sie mit einem Blick, der töten kann, jeden Schritt von ihm geht ihr Auge mit. »Vielleicht schalten wir das Radio ein«, schlägt Robert vor und schafft, um Zeit zu gewinnen, Ordnung in seinen vielfältigen Kinnen. Doch das war kein kluger Zug, denn im Rundfunk spielen sie zu allem Überfluss rauf und runter die Hits der *Pferde*: »Meinungen gibt's viele, Ansichten noch mehr, jemand sagt zu dir: ›Hau rein, treib ab, jemand anders, Junge, lass es sein!‹« Mein Gott, sagt Stan: »Grottenschlecht!« In Erwartung von Roberts sicherer Zustimmung, denn über diese miese Band ohne jedes Talent hatten sie häufig negativ gesprochen, doch da hat er sich, o Graus, verrechnet, kein Wort der Kritik aus Macens Mund. »Ne du, die find ich ganz gut«, sagt Robert beiläufig und sieht sich schon bang nach einer Tür, nach dem Notausgang um. Stan aber bleibt nach außen ungerührt, obwohl gerechter Zorn ihn packt und Mordlust, mit Yoga schluckt er allen Frust. Mein Herz schlägt im Rhythmus der Liebe. »Ach, meinst du ... und was gibt's Neues bei Szymon?« »Szymon geht's gut, du«, sagt Robert, erneut zur Konversation ermuntert, »sehr fähig, der Mann, hat ein fantastisches Medienprojekt mit diesen *Pferden* ausgeheckt. Seitdem gibt's den totalen Run, er hat allen Zeitungen gesteckt, dass die Jungs geisteskrank sind, jetzt ist jedes einzelne Konzert ein Event, denn in einem bestimmten Moment kommt immer ein Patient, ich meine, ein Musiker der Band, auf die Bühne und simuliert 'n epileptischen Anfall, die anderen machen Geblöke und Speichelfluss, und das Publikum muss sich einpissen vor Lachen, angeblich.« »Ah ja ... das ist ... tolle Sache ... hab mir schon gedacht, dass er beschäftigt ist, weil ich kann ihn in letzter Zeit nicht erreichen.« »Ja, Szymon hat 'ne neue Nummer.« »Gib mir die doch – wenn du kannst, versteht sich.« »Sorry, Stan, das geht nicht, Szymon will nicht, dass sie in fremde Hände gerät.«

Neeeein ... nicht zu fassen ... Stan krallt sich im nagelneuen Sessel fest, da hat er sich in die Nesseln gesetzt, die Augen hält es kaum in ihren Höhlen. Mein Herz, spricht er sich inseits vor, schlägt im Rhythmus der Liebe, Landwirt bin ich, eine geräumige Tenne und ehrliche Pferde nenne ich mein. In der Hütte hocke ich auf der Egge, meine Frau kocht Eier, die Kinder schlafen mit den Händchen auf der Decke, es ist schon spät, wir warten auf die Botschaft des Primas vor dem Fernsehgerät ... Obwohl auch sein Herz Separationstendenzen zeigt, sich unabhängig machen und Schmerz den Brustkorb sprengen will, sogar das Herz lässt Stan im Stich in dieser Nacht, die ihm in ihrer Unvergleichlichkeit das Atmen schwer macht. Die Lungen gehen auf die Barrikaden, man betrügt ihn hier nach Strich und Faden. »Und du, fühlst du dich hier eingeladen, oder wie? Räum den Tisch ab«, sagt er zu Anna Przesik, seiner Braut, etwas zu heftig vielleicht und etwas zu laut – vom Negativgefühl hat er sich schon erholt. »Hier flattern Tütchen rum, und Frau Baronin stellt sich dumm, sitzt da mit übereinandergeschlagene Beine, dich hat wohl ein Hund mit Ständer bescheuert, Kleine. Eins, zwei, abgeräumt und weg in den Müll damit.« »Und du, Robert«, wendet er sich ebenso streng an Mac, »mach doch auch mal 'n Finger krumm, wenn das Mädel hier sauber macht. Guck, wie viel Dreck ihr angeschleppt habt, du und deine Kokotte. Bis zum Anstoßen ist noch 'ne Menge Zeit, also sitzt hier nicht rum, vielleicht kommt ihr, bis ich zurück bin, zu Potte.« Sich selbst murmelte er beruhigende Mantras in den Bart, zog Mantel und Schuhe an und tat dann das, worum die Handlung dieser Erzählung sich letztlich dreht: Er wird in die Nacht hinausgeweht, um Szymon zu finden und ihn zu töten, diesen Hallodri, Hanussen und Mediendämon. Aber bevor er ging, schloss er, um Macs Opportunismus zu strafen und als Sanktion für den schnöden Verrat, sorgfältig alle Isofenster und drehte die Gasheizung auf zweiunddreißig Grad.

31. Dezember zweitausend null vier, Stan geht hinaus in die Nacht, er hatte noch nicht bedacht, nach welcher

Methode der Kollege zu töten wäre, aber er war bereit. Was geschieht zur gleichen Zeit in dem Apartment im bewachten Wohnkomplex, wo Mac Robert, Musikredakteur, in Gesellschaft der alkoholisch stark betörten Anna Przesik sowie der besinnungslosen, aber rülpsenden Nebenrollendarstellerin, um Fassung ringt und Silvester einsam unter Menschen verbringt? Leere Chinasuppentüten, Makkaroni mit nichts als Salz, *Soffia*-Wein, entfernte Parodie einer Fotokopie von *Sophia* mit deutlich dominantem Wasserakzent, wer hat hier was verpennt, und warum ist es so heiß?

Er war ausschließlich deshalb nicht zum *Silvester mit den Pferden* gegangen, um dort nicht Sophie, seiner seit zwanzig Jahren angetrauten Ehefrau, über den Weg zu laufen und einer anderen tollen Sau, davon bei Gelegenheit. Jetzt erst kann er sagen, dass diese Entscheidung keine weise war, sondern quasi von jenen eine, die der Hölle eine dünne Schneise ins Diesseits schlagen. Zunehmende Glut im Zimmer, woher auch immer, Lufttemperatur fünfundfünfzig Grad, die Fenster beschlagen, Hitchcocks Hitzeschocker, wie spät? Acht nach zehn? Wo ist dieser Präser Retro hin? Wer hat die Schüssel mit Tiefkühlkrabben gesehen? Und wo ist die Ehefrau mit dem Schwips, die angeblich mal ganz in Gips gewesen sein soll?

Anna Przesik war sich kämmen gegangen, ihre vom Alkohol lädierte Ästhetik zurechtrücken, um gleich zurück zu sein und aus freien Stücken ihre Bekanntschaft mit Robert zu vertiefen. Doch als sie das Bad gerade verließ, fiel ihr ein, dass sie vor lauter Stress vergessen hatte, das

Etikett ihrer Kosmetika nach vorn zu drehen, wer würde sie jetzt sehen, ihren Wert ermessen? Deshalb machte sie kehrt, und das wurde bestimmend für den weiteren Verlauf des Abends, denn im Zimmer saß noch immer einsam Robert, in Schweiß schwimmend, und dachte an *Silvester mit den Pferden* und Sophie, seine Frau, die sich dort vergnügte (ihm genügte die Erinnerung, wie sie mal daheim auf ihn gewartet hatte, die Brustwarzen vollgeschmiert mit Konfitüre oder Marmelade, damit er sie verarzte, sie war eine zur Eifersucht neigende Person): Was soll's! Ich fahre! Was kann die mir schon! Mit ein paar Schlucken *Soffia* trank er sich Mut an, streifte geräuschlos die Cowboystiefel über, schnallte die Goldklammern zu und zog auf in den Kampf. Wie klug von ihm, dass er wie immer eine Rolle Packband bei sich trug, er klemmte sich die Nebenrollenakteuse unter den Arm, und ab ging's mit Getöse! Treppenhaus, die Treppe nach links, wurde er verfolgt, wurde er gerufen? Hoppla, sie schaffen es noch zum *Silvester mit den Pferden*! Das ziemlich unpralle Mädel schnallte er mit erwähnter Schnur aufs Motorrad, setzte ihr falschherum den Helm auf, nahm noch einen Becher saure Sahne aus dem Gepäckfach, denn beim Biken saure Sahnen trinken, das macht Spaß! Deshalb hatte er stets einen Becher dabei. Und ab dafür! Er trat aufs Gas. Kurz darauf donnerten sie schon über die Świętokrzyski Brücke in Richtung Zentrum.

Später im Polizeibericht wurde geschätzt, dass Mac das Apartment im bewachten Wohnkomplex gegen halb elf verlassen hatte. Nach Aussage des Geschädigten Stanisław Retro hielt dieser sich zu jener Zeit außerhalb der

Räumlichkeiten auf, weil er die Silvesterfeier verlassen hatte, um frische Luft zu schnappen. Im Zuge der Ermittlungen ergänzte der Geschädigte seine Aussage. Es ging daraus hervor, dass er unterwegs zu einem Club im Zentrum war, um sich mit dem ungeliebten Mitarbeiter und Kollegen Szymon Rybaczko zu unterhalten. Warum also hielt er sich gegen Mitternacht immer noch in Praga Nord auf, obwohl er zu der Zeit rein theoretisch schon in Wrzeciono oder auf der Ost-West-Trasse hätte sein müssen? Der Geschädigte erklärte, und das war nicht gelogen, er habe Angst gehabt vor schwierigen Gesprächen mit Szymon Rybaczko und sei deshalb mehrfach in rückwärtsgewandte Straßen von komplizierter Richtung eingebogen, um trotz des Affekts die ganze Sache zeitlich etwas aufzuschieben. Auf Nachfrage behauptete der Geschädigte Stanisław Retro, dass er gegen zwölf, als er schon zwei Stunden wandern war und die ganze Zeit eine Überlegung nach der andern über das Unrecht angestellt hatte, das Rybaczko ihm angetan (hier folgte eine Aufzählung), ohne Wenn und Aber beschloss, jetzt zu ihm zu gehen und mal ein Wörtchen mit ihm zu reden (aber keinesfalls ihn zu töten – daran hab ich überhaupt nicht gedacht, sagte der Geschädigte, ohne zu erröten), begab sich über die Brücke ins Zentrum von Warschau und lenkte seine Schritte eindeutig in besagte Richtung, in einem fröhlichen Meer unbekannter Gesellen und Lichter, in einem Magma aus vorzeitigen Böllerexplosionen, Eierkulationen und -likör. Er sprach auch von einer Klopperei in der Schlange zu den *Spirituosen der Welt*, und hier wurde seine Aussage dann vertrackt. Er wollte nämlich plötzlich mitbekommen haben, dass zwei ihm unbekannte Personen, angetrieben von Äthylalkohol, einen Kühlschrank auf einer Eigenkonstruktion mit Rädern schoben, eine männlich und anormal mager, die andere alt und Frau in einem völlig ausgehaarten Pelz, und schoben ihn so schnell, als hätten sie etwas auf dem Kerbholz, sagte er. Immer wieder ging der Kühlschrank auf, und aus seinem unergründlichen Schlund fielen Senfgläser auf die Straße, dann hätten die absonderlichen Gestalten jedes Mal angehalten, das Lebensmittel in eine Plastiktüte getan und seien weitergezogen. Da habe ihm, Stanisław Retro, dem Geschädigten, etwas geschwant, eine Ahnung, die vielleicht trog, ihn aber doch zu einer Richtungsänderung bewog. Nach eigener Aussage läuft der Geschädigte auf betreffende Personen zu und sagt zu ihnen: »Wo habt ihr diesen Kühlschrank aufgetrieben?« Die aber beachten ihn gar nicht, sondern biegen rasch in einen Hof, er weiß nicht mehr, welchen, ein. »Den ham wir aus Gocław, ist von unserm Schwager ein Geschenk, aber wozu geht Sie das an?«, fragen sie noch im Davonlaufen. Im Licht der Straßenlaterne sieht er noch schemenhaft ihre unschönen und irgendwie primitiven Physiognomien, mit wenig zahlreichen, schwarzen Zähnen, so der Geschädigte. Der Geschädigte sagt weiter aus, im Schein einer Straßenlaterne habe deutlich die Marke *Elektrolux* am Kühlschrank aufgeleuchtet, und er habe gesagt: »Ach, nichts weiter, ich hab nur zu Hause auch so einen«, und sich dann eilig entfernt. Angeblich habe sogar das an der Kühlschranktür befestigte Magnet-Radieschen übereingestimmt, und Retro habe nach eigenen Angaben weiter sinniert: »Seltsame Sache, gibt doch zu denken.« Warum er seine Schritte dennoch weiterlenkte, konnte er nicht recht erklären, rechtfertigte sich nur mit der Ahnung, das sei alles peinliche Schizophrenie und Verfolgungswahn, woran der Geschädigte angeblich anfallsweise leide. Damit begründet er auch, warum er dem nächsten Unhold auswich, einem Suffbold, der in das Haustor einbog und einen großen Gegenstand unter dem Mantel trug, fast so ähnlich wie sein eigener Mikrowellenherd, von ihm selbst als »Mikrowelle« abgekürzt. Er zitiert seine Gedanken von damals – »Moment mal, Moment!« –, die er zu verdrängen suchte, indem er sich einredete, das komme vom viel zu vielen Computerspielen (um die Namen der Spiele ersucht, nennt er vor allem *GTA* und außerdem *Piratenbucht)*.

Bei seinen Aussagen log Stan nur an einigen wenigen Stellen. Vielleicht dort, wo man ihn fragte, weshalb er nach Hause zurückkehren wollte, obwohl er nichts Beunruhigendes an der Tatsache sah, dass jemand seine, wie er sich ausdrückte, Mikrowelle bei sich trug. Er sagte, umgekehrt sei er, weil er etwas in der Wohnung habe liegen lassen, und zwar den Asthma-Inhalator. Die objektive Wahrheit war eine völlig andere. In Wirklichkeit war dieses Asthma psychischer Natur, das Stanisław bewog, sich im Saugallopp zu dem Apartment zu begeben in bewachtem Wohnkomplex. Ihn erfassten ein Zittern und ein Beben, ein inneres Weh. Denn töten, gut und schön, dachte er plötzlich, aber man muss auch sehen, es ist eine große Herausforderung, eine schwere Verantwortung, paradoxerweise keine leichte Aufgabe. Und wir Leser mögen das unglaubhaft finden, so ein skrupelloser Mann wie Stan, zum Zorn geneigt, im Affekt unberechenbar, begann zu zittern und sich zu fürchten und immer langsamer zu gehen und unästhetisch sich zu krümmen.

»Geh gerade« hilft da überhaupt nicht, alle Argumente treten ungeordnet ihren Rückzug an, Gedanken rasen unter dem Schädeldach und fallen reihenweise. Er hob sogar einen ziemlich großen Stein vom Boden auf. Vielleicht ist es nicht nötig, dass er umkommt, dachte er – vielleicht zieh ich ihm nur eins über, damit er zur Vernunft kommt. Übrigens fand er das Töten auch nicht sehr moralisch. Weniger das Theater vor Gericht danach, sondern vielmehr die Rache des Karma, bestialisch, einfach bestialisch, oder nicht? Wie soll sich so ein Getöteter fühlen? Der Arme wird sich bedanken. Er errötete bei dem bloßen Gedanken. Ein absurder Komet zog vor seinen Augen vorüber, böse Bambini di Praga hatten keine höheren Ziele im Leben, als Böller nach ihm zu werfen, völlig daneben, kein Respekt mehr vor dem Alter. Und plötzlich sah er Szymons Körper, er weiß nicht, warum, als Radio-TV-Gerät, als perfekten Videorekorder mit lodernden Kabeln und knisternden Mikrochips, was für eine schreckliche Angst er vor dem Töten bekam, so was knipst du ja nicht einfach aus, das muss doch furchtbar hart sein, ich meine, der Körper. Vor Ekel kriegt er noch, bevor er zuschlagen kann, einen Schlaganfall. Und wie wird er dastehen, wenn ihn jeder Internaut im Netz kritisiert: »Ich finde, die Ermordung seines Managers durch Stanisław ist nicht in Ordnung. Ich finde, Stanisław ist überhaupt kein Künstler, sondern eine banale Schwuchtel und ein Leichenesser.« Scheußlicher Schwall falscher Beschuldigungen, Mordverdacht, Verleumdung, Winkelzüge, Lüge, Schläge und Verhöre, ungewollt Analverkehre. Im Lichte dieser inneren Argumente beschloss er, die Zahl der Morde nicht zu mehren und auf der Stelle umzukehren, aber auf einer entlegenen Seitenstraße, um

Sich-selbst-vor-fünfzehn-Minuten nicht zu begegnen, und eine Woge von guten Gefühlen überkam ihn, moralische Klarheit und das Bedürfnis, mit Freunden anzustoßen. Anzustoßen darauf, dass er zwar hätte töten können – und allen Grund dazu hatte –, es aber nicht getan hat. Weil er ein edler Mensch war, hilfreich und gut, voll innerer Helle. Sogar eine weggeworfene Dose hob er auf, drückte die Delle raus und stellte sie gerade, und das gleiche machte er mit Butterbrotpapier. Schon wollte er kehrtmachen, als neuerliche Unruhe ihn erfasste, denn er bemerkte drei Passanten, die eine imposante, in blaue Folie verpackte Waschmaschine auf einem Kinderwagen, auf den sie kaum passte, die Straße hinanschoben. Als hätte er von vornherein gewusst, was das für eine Marke war! Und nur um sich Gewissheit zu verschaffen, lief er dorthin, nur um diesen Tatbestand zu überprüfen! Nicht ohne Mühe bugsierten sie das Gerät zusammen mit Pappkartons und Dosengirladen auf dem geheimnisvollen Vehikel, waren fast alle besinnungslos betrunken und sangen laut *Finde mit uns*, das in letzter Zeit sehr populäre Lied: »›Hau rein, treib ab‹, sagt dir der eine, der andere: ›Junge, lass das sein.‹ Lass dich von solchen Ansichten nicht verführen, Junge, finde heraus, wer recht hat, und finde das mit uns! Lalala!« Sie grölten im Zündungszischen der Raketen. Bleib stark, sagte er sich, aber er war am Rande des Infarkts. »Geile Waschmaschine habt ihr da«, rief er, als er sie einholte, griff sich ans Herz. Sie bleiben stehen, sehen ihn an, sehen sich an, sehen den Stein in seiner Hand. »Wie viel wollt ihr?«, fragt Stan atemlos. »Ja was weiß ich«, blöken sie unisono, »vielleicht dreißig.« Und da entdeckt Stanisław auf der Waschmaschine zwei wohlvertraute Kratzer, mit denen

Anna sich einst für seine Schikane gerächt hat, und die bekannte Aufschrift ARDO. Also Matrix, hatte er doch recht! Er reißt sich den Schal vom Hals und rennt los, ohne mit denen weiter zu reden, er will in sein Apartment in bewachtem Wohnkomplex, um den Verdacht zu

Und da entdeckt Stanisław auf der Waschmaschine zwei wohlvertraute Kratzer, mit denen Anna sich einst für seine Schikane gerächt hat ...

prüfen. Er läuft, er stürzt, er rappelt sich auf, wie war das nur möglich, wie konnte das alles passieren?! Die zucken ratlos die Schultern. »Dann zwanzig?«, rufen sie ihm nach. Da sie aber darauf keine Reaktion bekommen, schieben sie weiter und stimmen heiter das Lied an *Finde mit uns*: »Weißt du selbst nicht mehr, was du finden sollst, Müll kann dir jeder andrehen. Such lieber weiter, finde mit uns, lalala.« Und ihr Gesang treibt Stan durch die Straßen, macht ihn so krank wie nie.

Also kein Mord. Treibjagd durch Praga Nord. Die Luft brennt. Straßen, Sträucher, Treppen, Stan rennt und rutscht sogar auf 'ner Bananenschale aus, damit auch banale Leser mit Bock auf Randale auf ihre kulturellen Kosten kommen, reißt sich den Mantel auf und besudelt ihn im Schlamm. Das findet ihr lustig, das wusst' ich, das findet ihr lustig und amüsant, auch wenn er selbst es einfach grausam fand. Er vergaß in seiner Aussage natürlich zu erwähnen, dass er irgendwann laut in Tränen ausbrach und rief: »Man hat mich bestohlen! Haltet den Dieb!« Ein Ruf wie Luft für die Bewohner von Praga, ein Schlager, der völlig unbeachtet blieb. Indessen schlug es zwölf, Kumulation und große Kulmination des Nichts, und wehe, in Gesichtsnähe explodierte ihm ein Böller. Die vorüberziehenden Passanten lachten und grölten, sangen *Theo, wir fahren nach Lodz* und *Finde mit uns*, den Hit, den jetzt alle kannten. Manche standen noch, andere wurden zum Anstoßen aufgeholfen. »Diebe! Man hat mich bestohlen«, brüllte er. Da aber sah er ein Weibsstück gehen. In einer Hand hielt es seine eigene Teflon-Pfanne, in der anderen seine Knoblauchpresse. Er stürzte sich auf sie: »Meins! Das ist meins! Sie haben das gestohlen!« »Gar nicht, überhaupt nicht Ihrs«, empörte sich die Person, die stark betrunken war, und riss ihm die Geräte aus den Händen. »Das hab ich eben gerade von so eine Frau hat mir das verkauft. Vor die *Spirituosen der Welt* hab ich gestanden gehabt mit Nachbarn, da kam so eine gelaufen, in Latschen barfuß und mit zerfusseltem Haar, und die Rakowa sagt, die ist bekannt, die hat sie mal in *Fakty* gesehen gehabt, so ein Foto von ihr, wo sie im Gips lag und ein Schwuler oder sonst ein Stricher sie besucht hat. So ham die das wohl geschrieben gehabt, ganz sicher. Mich geht das nichts an, mein Bier ist das nicht. Und die sagt: Hier das und das hat sie zu verkaufen, in der Nähe von wo sie wohnt. Da sind wir dann hin, und da hat's eine Waschmaschine gegeben, einen Föhn, solche Sachen, alles schön, und die sagt uns, was das kostet: das zehn, das ölf, und das hier zwölf. Na klar hat sich das gelohnt gehabt. Der Rak hat die Waschmaschine genommen (neun hat er gezahlt, wegen die Kratzer), Józek den Geschirrspüler, und wo ich nur zwei Złoty hatte, hat sie mir dafür diese Pfanne gegeben, und Renata hatte nur zwanzig Groschen, dafür kriegte sie die Knoblauchpresse und hat die noch auf zwanzig runtergefeilscht. Die Frau war nämlich eilig, weil sie per Telefon ein Taxi bestellt gehabt hat, und angeblich hat sie das Geld fürs Taxi gesammelt. Aber ich weiß das ja nicht, ist ja nicht mein Bier.«

»Für's Taxi!«, brüllte er erschüttert, packte sie und stieß sie ins Gebüsch. Die ganze Szene ließ er in seiner Aussage natürlich weg und fabulierte etwas wie von einem Einbruch durch unbekannte Täter. Er erinnerte sich später kaum, was damals geschah, was für einen

Amok er lief, wie rasend er war, er wusste nur noch, dass er in das Apartment in bewachtem Wohnkomplex rannte. Dort fand er, der eigenen Aussage zufolge, nach stattgehabter Öffnung seiner Eingangstür die Wohnung leer geräumt vor, Elektro- und Haushaltsgeräte keine, und konstatierte die Abwesenheit der Dame seines Herzens, Anna Przesik, die zu suchen der Geschädigte seine Schritte unverzüglich lenkte, weshalb er keine Zeit hatte, an eine polizeiliche Anzeige zu denken und diese erst am Morgen des ersten Januar erstattete. Den Zustand der im Apartment nicht angetroffenen Person beschreibt er als »anormal« und »mit Hang zu Vandalismus und Zerstörungswut«.

In der Wohnung stieß die Polizei auf schlimmstes Gehudel und Gelotter, aber der Geschädigte vermag nicht zu sagen, ob dies Folge des Einbruchs war oder ob er, Stanisław Retro, selbst, konfrontiert mit dem Problem des Nichtbesitzes von Bargeld fürs Taxi, in aller Hast jeden Winkel durchwühlte. Nachdem er schließlich auf eine Spielkonsole Marke Sony PlayStation gestoßen war, mit der er – wie er umständlich erklärte – wegen dauerhaften Schadens angeblich seit langem nicht mehr spielte, verließ er die Wohnung, um ein Taxi zu finden und gegebenenfalls mit dieser zu bezahlen. Der Geschädigte sagte aus, als Gratifikation für den Taxikutscher einen Discman eben jener Firma Sony erwogen zu haben, den angeblich jemand einmal in seiner Wohnung vergessen hatte; wer das war, konnte er natürlich nicht mehr sagen. Die Aussagen werden dann im geometrischen Verhältnis je weiter, desto wirrer und gequälter. Er hatte sich in ein zufällig gewähltes Taxi gesetzt, den Betreiber hatte er sich nicht gemerkt (*Silvester mit den Pferden*, nannte er als Fahrziel), wo er Anna Przesik zu treffen sicher gewesen sei. Der Geschädigte beschreibt seinen Geisteszustand als »Nervosität«, »nervöse Spannung« und »nervösen Ärger«. Die Beschreibung der Ereignisse im Taxi wühlt ihn gefühlsmäßig auf, und er weint. Er benutzt Wörter wie »Komplott«, »Einflüsterungen«, »Clique« und »Schikane« und behauptet, nach Einzelheiten befragt, der Taxifahrer habe, um ihn zu beleidigen und zu provozieren, im Radio absichtlich ein Lied gespielt, auf das der Geschädigte nicht steht, den populären Hit der Gruppe *Pferde, Finde mit uns* – Titelsong der in letzter Zeit bekannten Fernsehsendung. Bei diesem Lied sei Retro explodiert. Was daraus resultierte, beschreibt er als »Konflikt und Gerangel mit dem Droschkenkutscher«. »Ach, Sie sind dieser Spargellutscher«, habe der Taximann nach Aussage des Geschädigten zu ihm gesagt und ihn brutal aus dem Fahrzeug in einen (Zitat) »Sumpf« gestoßen, wobei seine Bekleidung durch Zerreißen Schaden nahm. Ungefähr drei Stunden habe der Geschädigte gebraucht, um die nächste Haltestelle der Straßenbahn zu finden und nach wo er wohnt in Praga Nord zurückzukehren sowie die Polizei zu rufen.

Beim *Silvester mit den Pferden* amüsierte sich Anna Przesik prächtig. Mangels Einladung wies sie sich eigenmächtig mit der mitgebrachten Schüssel Tiefkühlkrabben aus und mogelte sich mit der Losung »Veranstalter, Vip, Veranstalter« am Wachschutz vorbei ins Haus. Enthemmt von Alkohol und allgemeiner Hitze entblößte sie sich bis aufs Höschen und ließ ihr ungewöhnlich rares Arschgeweih, direkt über der Ritze, sehen. »Patriarchale Kultur«

mit Galgen und Röschen. Und wie sie da so fröhlich tanzte, sah sie plötzlich Małgorzata Hodensatz, Moderatorin und Fernsehstar mit festem Sendeplatz, auf sich zukommen. Heilige Jungfrau, sie war ganz benommen, so unwirklich war ihr diese Situation! Jetzt bewegte sie absichtlich den Rücken so, dass die Tätowierung noch offener zum Vorschein kam. Ein kurzer Schwatz, schon lud die Hodensatz sie in ihre Sendung ein. »Tolles Tattoo«, sagte sie und ergänzte dazu, ihr sei von Anfang an die Aufschrift »Wednesday« auf Annas Höschen aufgefallen. *Finde mit uns* bereite gerade einen Themenabend über die Frage der Wochentage vor. Es geht dabei um ihre Anzahl im Allgemeinen, ihren Charakter im Besonderen und ihre Verwendung. Hier Festnetz und Handy, bis die Tage dann.

Dieses Lied aus Mitteln der Europäischen Union geht schon zu Ende. Zu seiner Verbreitung wurden bewusst Juden und Freimaurer engagiert. Auf diese Weise fallen mögliche Unlust, Empörung und Aufschrei des Rezipienten nicht einfach auf ihn selbst und seine literarisch abweichenden Präferenzen zurück oder gar darauf, dass er's einfach nicht gelesen hat, sondern auf den Tatbestand, dass er sich von Juden und Freimaurern nicht einseifen lässt und immun ist gegen die Scheiße, die man ihm aufdrücken will, gegen die Geißel der Medien und den Kot der Massenkultur.

Dieses Lied entstand aus Mitteln der Europäischen Union. Es enthält Vereinfachungen und Erleichterungen. Es wurde so geschrieben, dass auch ohne Lektüre niemand verloren ist und in Foren dazu Stellung nehmen kann. Zum Abschluss bieten wir dir praktische Formulierungshilfen an, ein Auswahlmenü von Fertigkritiken, mit denen man im Netz oder geselliger Diskussion das Wort ergreifen kann. Wähle einfach mit der Option »Ausschneiden« und »Einfügen« die Meinung aus, die dir am besten passt. Das Urteil ist hart, aber objektiv und dadurch gerecht. Fertig.

Dieses Lied, das liegt auf der Hand, strotzt vor gravierenden grammatischen Fehlern und ordinären Unkorrektheiten. Du kriegst solche Fehler aus dem Ärmel gerotzt und könntest so ein Buch in zwei Tagen hinschmieren, wenn man dir nur einen Stock und eine Handvoll Erde gibt.

Mit Prosa hat das gar nichts zu tun, das sind einfach nur viele hässliche und vulgäre Wörter, die Polen im Westen im schlechtesten Licht präsentieren. Das ist überhaupt kein Rap. Rap geht kürzer und kommt nur mit Videoclip und musikalischer Begleitung gut.

Die Übersetzung dieses Buches in andere Sprachen ist zu verhindern, denn die Haltung der handelnden Personen verrät ein niedriges moralisches Niveau. Das schadet Kindern und zeigt Polen und die hier kultivierten traditionellen Werte dem Westen nicht im besten Licht. Promoten tun dieses Lied absichtlich Freimaurer und Juden, statt begabtere Autoren wie Stanisław Lem, Bruno Schulz, Witold Gombrowicz und andere Tote zu promoten. Der Mangel des Buches an Realismus liegt auf der Hand. Es gibt in Polen im ganzen Land keinen Sänger namens Stanisław Retro. Es gibt keine Band namens *Die Pferde*.

Die Autorin ist nicht die Autorin des Liedes. Talent und Schönheit liegen ihr völlig fern, sie wäre es gern, ist aber weder sie noch irgendeine andere Person. Und das ist überhaupt nicht das Ende vom Lied. Dieses Lied entstand aus Mitteln der Europäischen Union. Hat die übrigens mal jemand gesehen? Kannste vergessen, 'ne glatte Illusion.

Eh Leute, legt die Messer weg, sie hat nie kein Buch mehr geschrieben, immer die Ruhe, das war nur so ein Film über sie, wo der Abspann ohne Abstand gleich dem Vorspann folgt, mit den Namen aller, die mit ihrem Auftritt nicht drankamen, und dem Studio, das darüber Pleite ging, ein Buch mit nur einer Seite, auf der »Erstes Kapitel« steht und darunter gleich »Ende«. Also immer die Ruhe, lasst die Hände von den Gabeln, von den Messern, Doris wird sich bessern und kein Buch mehr schreiben. Doris steht jetzt auf Topfblumen, rührt gern in Töpfen, macht mit Bienenfleiß Wasser heiß, dreht fette Beats an den Gasherdknöpfen. Lohnt es sich, einen guten Knüppel an solch eine Person zu verschwenden?

In Windeseile kocht sie Wasser, im Wettlauf mit dem wahnsinnigen Hunger ihres Kindes, der Dampf fährt ihr ins Haar, lässt des Morgenmantels Schöße wehen. Sie kann nicht sehen, dass Szymon just in diesem Augenblick in der Aureole gediegener Parfüms das Haus verlässt, dass er – simultan! – schon im Auto sitzt und fährt, dass es jetzt kein Zurück mehr gibt vor des Lebens irrer Achterbahn. Der zaubrig frische Tannenduft des Wunderbaums hat es ihm angetan. Hier, bitte, hat der Frühling uns erschlagen, duften tut der Wunderbaum, das Leben ist ein Traum, er fühlt sich gut und sieht noch besser aus, als er sich fühlt in dem Verkehrsgewühl, er fährt bei Rot, so richtig imposant, das ist ja allerhand, das ist ja beinah so wie anno fünfundachtzig, als er noch Haare auf einem größeren Quadranten seines Kopfes hatte, wo jetzt die Glatze unverdienterweise blinkt. Denn wenn's im Auto stinkt, das mag er gar nicht, und überhaupt hat er sich jetzt mal endlich bei Carrefour ein Feuerhaken-Set Louis XIV. für den Kamin gekauft, einfach klasse sieht das aus. Stochern kann er damit in seinen löchrigen Zähnen, denn der Kamin macht nicht viel Arbeit, der ist elektrisch mit beleuchtetem Holzscheit. Kommt auch nachts ganz toll, wenn von den alten Kumpels jemand reinschneit, mit dem Schürhaken in der Hand ins Feuer blicken, versonnen nicken, in alten Zeiten schwelgen: Wilde Tage als Punk in Jarocin, als Wichsvorlage Plattencover von Izabela Trojanowska, sein Idol, Zaubertrank aus Birkenwasser und Perhydrol, die Haare der Mädchen gefärbt mit Wasserstoffperoxid, am Müllschacht Tausch der Schnürstiefel gegen *Polsport* Adidas, das war doch was, so etwas wie Glück. Immer öfter kehrt er in Gedanken in jene Jahre zurück, seit kurzem zieht er sogar eine alte Kutte über das Sakko. Dazu gehört Mut, die muffelt leicht nach Katze, kommt aber voll gut, so eine rote mit gelbem Aufdruck »Kawasaki« und auf den Ärmeln in klein »Yamaha«, dazu eine Mütze mit vorn am Schirm befestigtem Minipropeller, die lag auch im Keller. Was denn, zum alten Eisen zählt er sich noch nicht. Was den Kamin betrifft, da gibt es noch so einen mit Gitter, ferngesteuert, aber dieses Technospielzeug ist ihm nicht geheuer. Und einen Grill hat er noch, aber mehr für den Sommer. So, das wär's, es ist Frühling, fantastisch duftet der Wunderbaum, er fühlt sich geil und sieht noch geiler aus. Lautlos verebbt die Woge der Autos, das ist wie eine Droge, die Ampeln schalten, er kann walten in seiner Kutte, das ist doch fast wie vierundachtzig, nur ein bisschen anders. Da rauscht er hin und macht sich Radio an, egal, Mann, ob das nun korrekte Sprache ist, er ist allein, ist jetzt mal lax und gar nicht artig, er scheißt auf Syntax und Grammatik, vielleicht machte er es sich an, weil er es kürzlich erst gekauft hat, oder einfach, weil er Medienexperte ist und ständig auf dem Laufenden sein muss, was die Konkurrenz wieder treibt, was sie ihm wieder klaut. Er sucht und zappt durch die Sender, nachher bringen sie noch ein Stück von den Ramones, den Clash und so weiter. Doch da plötzlich, au Backe, so eine Kacke, pardon, aber es ist verdammt schwer, die Beherrschung nicht zu verlieren. Die Gruppe *The Kuddels*, das Lied *Denk nichts, Liebes*, der Hit der letzten Wochen, eine rotzfreche Raubkopie des von ihm lancierten Songs *Finde mit uns*.

Und er fährt weiter, aber mit dem Lied *Denk nichts, Liebes* dieser Markenpiraten im Ohr ist alles grau, ist alles missraten, weder ist der Frühling zu sehen, noch duftet es schön, und was soll er mit der Feuerhaken-Garnitur, gleich auf den Müll damit, damit man sieht, wie reich sie sind, denn Reich wirft viel weg, die Penner besorgen den Altstoffwechsel, tragen's zum Schrotthändler, der drechselt aus jedem Feuerhaken drei Aludosen und macht den Rest zum Ventilator, das ist die Alchemie der Stadt: Der Reiche frisst, der Arme hat es satt. *Denk nichts, Liebes*, bei diesem Refrain ist er schon down, denn was sieht er im Rückspiegel? Einen Clown, mit Kutte, Schirmmütze und reglosem Propeller, immer schneller wuchert die Platte auf Kosten der Matte, und er spürt, dass er aussieht wie eine Witzfigur, ein Zerrbild nur, das mehr will, als es halten kann, dass er sich sein Aussehen ganz anders vorgestellt hat, als er aus dem Haus ging. Und ihn überkommt die Erinnerung an die häusliche Szene am Morgen, als seine Ehefrau Sandra, mit übereinandergeschlagenen Beinen spitz auf dem Sofa sitzt, mit den Latschen klappert, Unsinn plappert, Zigaretten raucht, ihn anfaucht und nur deshalb nicht spuckt, weil sie könnte ja danebenspucken, und soeben mit leblos zuckender Stimme lacht, als wäre ihr EEG ganz flach, wie ihr Po eben: »Mann, du bist ja bescheuert, in dieser Kutte kannst du statt zur Arbeit gleich in die Klinik fahren, da ziehen sie dir 'ne schicke Jacke an, umsonst, mit der kannst du dich tarnen, sie über deinen Anzug ziehen, das sieht schau aus. Guck dich doch an, Opa, du bist ja bekloppt, du mit deinem Sodbrennen, deinen Geheimratsecken, deinen Blechteilen im Knie und willst in 'ner Kutte rumrennen. Geh lieber zur Beichte, von all diesen Sessions, all diesen Sangas bist du jetzt durchgedreht, lass dir doch lieber die Krampfadern piercen.« Er hört prinzipiell generell einfach nicht zu, wenn sie redet, aber das bekam er beim Rasieren doch zufällig mit, und ihm wurde ganz mulmig. Wahrscheinlich hätte er das doch ausgezogen und wäre im Sakko gefahren, war ja vielleicht wirklich ein bisschen extravagant. Aber dann kam so ein Trotz in ihm hoch, ein Widerstand aus alten Tagen, ein ferner Hauch von Protest, und er dachte: Ei, ei, dir gefällt meine Kutte nicht? Hast du was gegen meine Kutte, du Nutte, schätzt du mich gering? Gerade du, wo du deine Ideale für Jean-Louis-David-Sandalen, Teppiche und Goldgardinen von Prada verkauft hast, und einen Skoda Fabia? Du, ich sage dir: Billig hast du dich verkauft, über dich kommt man bequem drüber weg, Mann, und dass ich Krampfadern habe, geht dich überhaupt nichts an.

Er knallte die Tür und ging. Bei der bloßen Erinnerung drückt er aufs Gas, rast an allen vorbei, es ist geglückt, jetzt will er nur noch Spaß, jetzt ist Superstimmung angesagt. Ist sowieso nur eine Frage von Tagen, bis er ihnen zeigt, wer der wahre Branchenkönig ist. Und überhaupt ist Frühling, der Wunderbaum duftet toll, das Leben ist geil und not punks dead. Rondo Babka, eine Ampel, guck, da liegt jemand ganz steif auf dem Zebrastreifen, und wohl eher nicht deshalb, weil er eingeschlafen wäre. Szymon dagegen trotzt Wind und Wetter, ist in jeder Hinsicht rotzlebendig und sieht klasse aus, das tut gut, so ein Kontrastprogramm; alles schwimmt hier in Blut, da war wohl jemand, statt zu Hause zu hocken, schon früh auf den Socken, und jetzt sind ihm noch die Brötchen aus dem Dings gefallen, diesem Netz da. Zu Hause warten die Kleinen am Frühstückstisch, doch aus dem Familienglück wird nichts, das Frühstück, einschließlich Papa, wandert in so einen noch größeren Sack, haha. Aber Spaß vorbei, hier liegt ja gerade die Absurdität der Stadt. Der Mensch, wenn er in den Wäldern lebte irgendwo, würde auch eines Todes sterben, natürlich, oder Wölfen zum Opfer fallen, würde im Boden verwesen, nur eben alt. Hier dagegen hinterlässt er Blut und physiologischen Kleinkram auf dem Asphalt. Dort würde das längst im Boden versickern, hier dagegen fahren die einen es platt, andere sammeln's in einen Sack, am helllichten Tage, Pornographie satt. Wie soll er das seinem Kind verklickern, sieben Monde wird die Kleine im März, das schlägt doch aufs Gehirn, das greift ans Herz. Aber jedenfalls, was die in der Zwischenzeit dudelnde Kapelle *The Kuddels* angeht, gegen die ist sowieso schon Klage eingereicht wegen Diebstahls von Ruhm und geistigem Eigentum, sieben Jahre Gefängnis für den Leadsänger fordert in seinem Auftrag der Staatsanwalt, dem er mehr bezahlt, als er durch diese dummen *Kuddels* je verloren hat. Doch diesen Prozess wird er gewinnen, und wenn das ganze Haus samt Einrichtung und Unterhaltungselektronik, Staubsauger und Panasonic verpfändet werden müsste, sogar mit Kind und Sandra als Kegel obendrauf. Wie war es dazu gekommen? Na pass mal auf, er wollte endlich mal Nägel mit Köpfen machen, ein Hammer sollte das werden noch vor Totensonntag. Jeder kennt *Finde mit uns*, die bekannte Sendung zur Förderung der eigenen Meinung, jedenfalls rief Małgorzata Hodensatz, aus dem vorherigen Kapitel wohlbekannt, mit dem Vorschlag an, ein Lied dafür zu schreiben. Klar ging er drauf ein, das war genial, in medialer Hinsicht Dynamit. »Lass dich von falschen Ansichten nicht locken, finde mit uns, finde mit uns«, das kennt schließlich jeder, Ausdruck des Protests gegen das Mediendiktat und die korrekte Meinungspest. Ursprünglich sollte das Stan Retro singen, Identifikationsfigur für Freimaurer und Homosexuelle in den Medien, dessen nachlassendem Plattenabsatz er damit auf die Sprünge helfen wollte; zugegeben, um Weihnachten herum hatte er ihm das sogar unvorsichtig versprochen, aber ein Versprecher macht noch keinen Verbrecher, oder? Und der Grund des Sinneswandels? Eines Tages, als er vor der Firma aus dem Auto stieg, kam ihm blitzartig die Erleuchtung: In eben dieser Sekunde erlitt eine ältere Tussi nämlich 'n epileptischen Anfall; gerade so, als hätte sie splitternass mit dem Finger in die Steckdose gefasst. Wälzt sich, Junge, Junge, aus dem Maul spritzt ihr fontänenmäßig das Blut aus der Zunge, in die sie die Zähne geschlagen hat, ihr Rock war hochgerutscht, sie strampelte so putzig und ließ ihr Höschen sehen. Jeder bleibt da stehen, die Gaffer glotzen und finden das lustig. Ihm selbst war zum Lachen zumute, denn es ist pikant, aber solche Sachen sind sehr amüsant, für die Medien ist das schlicht der Renner! Dies Licht ging ihm auf, und er als Kenner machte sich sofort ans Werk. Am nächsten Tag schon rief er die *Pferde* an, er hatte sie gerade bei einer Party entdeckt, sie spielten Playback, weil es Probleme mit den Gitarren gab, irgendwelche Narren hatten die Saiten geklaut oder angeritzt. »Jungs, jetzt mal die Ohren gespitzt! Ich hab die Chance für euch, wollt ihr ganz nach oben kommen, mit Epilepsie und Parkinson?« Auch sie überlegten nicht lange: Einspielen des Liedes *Finde mit uns* im Studio; Auftritt in der erwähnten Fernsehsendung; große Party *Silvester mit den Pferden*, Gratisdrinks, Gratisfressen, gefakte Fallsuchtsanfälle und Gebelle der Bandmitglieder während der Konzerte, die totale Härte. Er selbst führte ihnen vor, wie man sich glaubwürdig wälzt und blutig sprudelt, die Fans mit roter Farbe besudelt, dabei lustig und amüsant ausschaut, das Publikum zu Lachkrämpfen treibt, obwohl es nicht ausbleibt, dass von den Zuschauern jemand ehrlich ergriffen ist und »helft doch dem Mann« ruft. Einmal kam sogar der Krankenwagen, so echt wirkte das, aber egal, genial war es in jedem Fall. Große Klasse war das! Von der Kasse kaufte er erwähnten Elektrokamin und für Sandra einen Skoda Fabia, auch wenn Retro das nicht cool fand und Hasspredigten auf seinem AB verewigte: »Ich bin nicht schwul, Mann!« Jemand hatte ihm den Inhalt seiner Lieder gepetzt, ein Textmodul ins Polnische übersetzt, das musste ja früher oder später passieren. Dazu kam noch das Schwarzmalen, davon beim nächsten Mal, aber egal, Retro hatte 'ne Krise, den konnte er vergessen, mit dem machte er nur noch Miese: Für den vorletzten Platz in der Hitparade musste er löhnen, die Chefs der Sender bei Laune halten, sie mit Pralinen und Schokolade verwöhnen, das lohnte nicht mehr. *Die Pferde* dagegen mit ihren Platten und Tourneen machten Kasse, alles lief klasse, er war der König der Branche – bis vor nicht allzu langer Zeit. Da saß er mit Sandra zu zweit vorm Fernsehgerät und traute auf einmal, wie er so guckt, seinen eigenen Augen und Ohren nicht mehr. Waren jetzt seine Augen und Ohren auch schon gekauft? Er denkt zuerst, das wäre *Finde mit uns*, dasselbe Arrangement und dieselbe Gesangsmelodie überdies, doch ganz sicher ist er nicht, denn das Kind brüllt wie am Spieß. »Sandra, Mann«, schreit er Sandra an, »kümmer dich, guck, wie es weint! Tu was, bin ich vielleicht die Mutter?« Denn die Sache ist wichtig für ihn. Doch die stellt sich taub, stiert geradeaus und übertrifft sich selbst in Gedankenverlorenheit. Okay, so geht es auch, her mit der Fernbedienung, die Lautstärke bis zur Schmerzgrenze hochgedreht, und jetzt hört er genau, auch wenn es wehtut, das gleiche dümmliche Gedudel, das ihn im Autoradio schon nervte, und will sich in die Eier beißen, die Haare ausreißen. »Einer sagt dir ›finde mit uns‹, der andere will, dass du ständig an was denkst, auch wenn du gar keine Lust hast auf solche Affereien, du musst dich befreien, komm, sei du selbst, sei du selbst, denke nichts, sei du selbst, Denken ist Mist« und so weiter. Was da lief, war eine musikalische Talkshow, die Schwuchtel, die das moderiert, hat vor kurzem noch den Kumpel markiert, Mac Robert, bekannt für seine verheerende Niederlage gegen das Übergewicht: »Das war der aktuelle Clip *Denk nichts, Liebes* der *Kuddels*, der Band zum Knuddeln, heute bei uns zu Gast.« Und dann stellt Mac Judas, das weiß er noch genau, die Frage: »Was ist mit den *Pferden*?« Und der Leadsänger darauf: »*Die Pferde*, das war mal, die kannste vergessen, die *Pferde* hab ich gefressen, Talmi und Trödel, die *Pferde* sind peinlich und blöde, wer interessiert sich noch heute für Epilepsie, wir lancieren bei unseren Konzerten öffentliche Harn- und Stuhlinkontinenz.« Der Schlag sollte ihn treffen, nicht nur weil sie ihn beklaut hatten, sondern vor allem, weil sie als Erste auf das Koten und Nässen gekommen waren. Ja doch, Stuhlgang ist ein todsicherer Blickfang, die Band hat jetzt die Hosen und die Säle voll, das Publikum findet das toll. Aber an ihn werden sie noch denken, in wenigen Tagen knallt er ihnen ein Projekt vor den Latz, dass von *The Kuddels* vor Schiss nur der Kot bleibt und ihren Fans – Spuren der Inkontinenz.

Eh Leute, lasst mal die Messer jetzt, nun seid mal nicht so, sie hat kein Buch mehr geschrieben, sie erhitzt H_2O, setzt Wasser auf und schält Erdäpfel, ihr wisst schon, diese Kartoffeln da, geht gezielt durch die Wohnung, wer weiß, vielleicht wird sie ja von ein paar Haushaltsgeräten erkannt und nach ihrem neuen Roman gefragt. Von ihren wenigen Angehörigen erkundigt sich manchmal einer, um ihr einen Gefallen zu tun, ob sie Dorota Masłowska ist, und tut so, als hätte er sie in der Menge erkannt, damit sie in der Enge nicht das Gefühl für ihren Ruhm verliert und den Kick des Medienbooms vermisst. Sie weiß natürlich, das ist ein Trick, mit ihrem Erfolg ist es aus, Erkennungsrate im öffentlichen Verkehr gleich null, überall nur Wojciech Kuczok, alle haben jetzt Bock auf Kuczock, Kuczock auf Lesung in Płock, Podiumsdiskussion mit Schulbibliothekaren in Rudawa Dolna zum Thema »Häusliche Gewalt, schulische Gewalt«, dagegen sieht sie alt aus, wie sie mit ihrem Gör zu Hause gluckt und Autos im Fenster guckt.

Das war ein Kurzschluss, Fehlschuss, vorzeitiger Erguss, ein Film, der wegen Überspannung gleich zum Ende kam. Morgens schaltet sie das Radio ein: »Einer sagt dir ›finde mit uns‹, der andere will, dass du ständig an etwas denkst«. Gott, wie öde, nicht zu fassen, diese Verblödung der Massen, ich werde darüber für die *Apokalypse der Reiter* schreiben. Eh Leute, lasst es bleiben, legt die Messer weg, macht euch keinen Kopp, womit soll sie's euch heimzahlen, mit dem Mopp?

Indessen rast er im Auto dahin, das Gaspedal kriegt Prügel, der Gedanke an das neue Projekt verleiht ihm Flügel. In der Johannes-Paul-Allee fuhr ihm jemand in den Weg. Gerade wenn ich abbiege, du blöde Ziege, ich hatte Vorfahrt, jetzt ham wir den Salat, ich muss zur Arbeit, wir fahren hier doch nicht Schlitten, meine Herren, ich muss doch bitten, pass doch auf, ich komm zu spät, da guckt das Flittchen auch noch blöd, zeigt mir den Vogel, will mich necken, hast du was gegen meine Geheimratsecken, hab ich'n Tick, oder bin ich dir nicht schick genug? Was hab ich an? 'ne Kutte? Und Krampfadern hab ich? Was sagst du? Hampelmann? Halt die Klappe! Fahr doch, fahr zu deiner Agentur, mach die Leute mit Werbung krank, verkauf ihnen Geld in der Bank, du Schulterkissenjackett, Italo Disco hast du gehört, hast in Budapest auf der Pfanne mit Kristallglas gedealt, da hab ich Katz und Maus mit den Bullen gespielt, und jetzt leben wir in ein und derselben Stadt, im selben Land, deine Karos, Kurwa, hab ich satt, zisch ab, viel Vergnügen beim Lügenverkaufen, das muss doch laufen wie geschmiert, in diesem Staat ist alles gekauft, ist alles korrumpiert. Hol dir besser getönte Scheiben, aber keine mit Folie, sondern solche, die immer dunkel bleiben.

Johannes-Paul-Allee, der ist doch neulich auch gestorben, oder? Gewiss doch, er selbst hat dafür geworben, die Firmenflagge auf Halbmast zu setzen, sonst wäre das dort gar keinem aufgefallen. Die Mäuschen und Kollegen hocken da den lieben langen Tag, von wegen Werte, die rasieren sich da und kopulieren, sehen alles durch getönte Fenster, den Wandel der Tageszeiten und die vier Jahreszeiten wie ferne Gespenster, der Tod des Papstes bedeutet denen nicht mehr als ein Papierstau im Kopierer, ist ja auch nicht ihrer. Ja schon, aber draußen die Menschen, die haben geweint, haben Kerzen angezündet, im Fernsehen war das zu sehen. Weil das Projekt mit den *Pferden* nicht mehr lief und das Publikumsinteresse an der Fallsucht sank, war er damals depressiv, war meditativ gestimmt und fragte sich, weshalb die Menschen so viel weinen, Friedhofskerzen kaufen und all die Flaggen und Teppiche mit dem Papst aus dem Fenster hängen. Blumen, die sind ja nicht bei ihnen zu

Hause im Garten gewachsen, dafür mussten sie zahlen, das will doch was heißen. Der Papst war zwar nicht hübsch und litt auch nicht an Sexappeal, aber er hatte ein Medienprofil, und wie. Und da plötzlich kam ihm die Erleuchtung, die Inspiration: Hinterfragen der Fäkaltendenzen, völlig neue Medienstrategie, völlig neue soziale Bedürfnisse, die Menschen wollen nicht länger das Böse, Ficken und Shoppen, Sex in Hundemösen und mit Biestern, Ehen zwischen Priestern, Ehepaare, die sich mit anderen Ehen paaren. Werte wollen jetzt die Menschen sehen, traditionelle Werte, das Gute, das Böse, die Heimat, den Hass. Da kommt so'n Typ von der Arbeit, die Alte setzt ihm das Kotelett vor, macht die Flimmerkiste an, und dort wackeln die Weiber mit den Titten, der arme Kerl über seinen Fritten muss sich im Sejm die Debatte ansehen, ob von der Scheide schon die Haare pornographisch sind oder erst da drin das rote Glatte. Mensch Leute, das war zu viel, das haut einen doch von der Matte. Er hatte das doch lange schon vorausgesehen, schon als er damals Retro sagte, er solle mit den Apfelsinen ins Krankenhaus gehen, nur war damals die Gesellschaft noch nicht reif für diese Innovation, aber heute schon. Heute ist alles anders, heute kommen zu einem Konzert von Stanisław Retro, dem Schwulen und Logenbruder, vielleicht hundertfünfzehn Leute zum Zuschauen, davon die Hälfte durch eine Lücke im Zaun, irgendwelche Linken, die nach Altöl stinken. Beim Papstbegräbnis sitzen allein in einer Reihe schon so viele, tolles Ergebnis, und das ohne Plakataktion, ohne organisierte Medienkampagne. Der Schluss ist klar, diesmal vergeigt er das nicht, er macht ein Projekt, so perfekt, dass die gesamte Branche den Schwanz einzieht und sich in Reih und Glied am Hochaltar vor ihm verneigt. Das sind keine bodenlosen Egotrips, Montag Ich, Dienstag Ich, wie in dem bekannten Videoclip. Er fährt die Świętokrzyska, Tamka, Kawasaki, Yamaha, Voila. *Life and die, Medien-GmbH.* Er steigt aus, die Sprechanlage sagt »Hallo?« »Die Giraffen machen den Affen«, witzelt er kess wie immer. »Guten Tag, Herr Szymon, guten Tag, willkommen, Tee oder Kaffee?« »Eine Latte bitte, vielen Dank«, denn Latte mochte er am liebsten, hatte sich sogar bei eBay für zu Hause, als die *Pferde* noch liefen, einen Espresso-Automaten zugelegt, anderthalb Tausend hat er dafür hingeblättert, kein Witz, er kriegt nun mal das Kotzen bei diesem aufgebrühten Negerschwitz. Doch bei der Lieferung stellt sich heraus, das Teil passt kaum über die Schwelle, keine Bagatelle, man müsste ein Stück Wand rausbrechen, um es aufzustellen. Ehrlich gesagt, hat er deshalb noch nicht mal probiert, ob sie funktioniert, aber gelohnt hat es sich schon, er mag nun mal Latte, besonders den Schaum. Ein Traum, Mann. »Sieh mal einer an, wen haben wir denn da?«, weitet er die schmalen Rippen der Jalousien wie die Scham der Geliebten und sieht, da machen sich zwei Ordnungshüter in Neonwesten unförmiger Façon zu schaffen. Ein festes Motiv in meinen Werken, leicht zu bemerken, Ordnungshüter und Polizisten im Doppelpack, als Paare zu zweit, also ohne Dritten, hier zur Abwechslung einmal beritten, schon empört und einsatzbereit, dass hinter der Scheibe dieser Müll aus dem Parkautomaten fehlt. Das gibt's doch nicht, denkt er gequält, wollen die mich jetzt auch noch beklauen? »Entschuldigen Sie mal kurz«, sagt er zu den Blauen, »was soll das hier mit dem Knöllchen, Mensch, wie steh ich denn jetzt da? Jetzt mal im Ernst,

Sie sind doch auch ein Mensch, wie ich. Mein Kind, das hätte sich beinahe vollgekackt im Auto, Dünnpfiff, exakt, Salmonellen oder Heliobakter hat es sich bei dieser, na sagen Sie gleich, Taufe geholt, waaas gegessen? Na, Heringssalat oder Wurst, weiß der Himmel, was es da vor lauter Durst gefressen hat. Soll ich da zum Kiosk rennen, Kleingeld wechseln, die Bürokratie vermehren, wenn meine Tochter vor meinen Augen in die Windeln macht, sieben Monate ist die Kleine alt. Sehen Sie, ich will Sie nicht beschwindeln, hier drunter trage ich Anzug, meine Herren, ich bin ehrlich und zahle Steuern, vierzigtausend im Jahr. Waas, wo ich diese Kutte gekauft habe? Das ist meine alte, als ich jung war. Ach nee, Sie waren auch mal Punk?! Nicht möglich, waren Sie vierundachtzig auch in Jarocin? Mensch Kerl, und welchen Spitznamen hatten Sie? Kacka? Beschissene Zeiten heute, was, Kacka? Du hast keine Chance, nutze sie! Aber was ist mit der *Siekiera*? Sie haben die alte *Siekiera*? Ach was! Noch ohne Malina am Bass? Kommen Sie öfter hier vorbei? Die Scheibe könnten Sie mir mal brennen, ich zahle auch, im Voraus sogar. Ein Fuffi, ist das okay? Wann treffen wir uns, Montag früh? Hier noch eine kleine Überraschung für Sie, für die alten Kumpels aus Jarocin, ich öffne nur schnell den Kofferraum, ja schau, ein T-Shirt und ein Luftballon mit Logo, und für Sie so ein – weiß gar nicht, wie das heißt – Briefbeschwerer oder sonst so ein Technoteil, das können Sie zu Hause oder im Büro für Zettel nutzen, ich habe selbst so eins, unheimlich praktisch, nichts fliegt mehr rum, man sucht sich nicht dämlich und dumm. Hier in die Gegensprechanlage müssen Sie fragen nach Szymon Rybaczko, ganz recht, hier meine Karte, Szymon Rybaczko, Medienberater, exakt.«

»Ein Fuffi fürs Brennen einer CD, die bei Lidl einen Złoty kostet, das tut weh, Frau Hania«, klagt er, kaum wieder im Büro, seiner Sekretärin. Durch die Gardinen verfolgt er, wie die Ordnungshüter sich hoch zu Ross entfernen und die Beutegüter, T-Shirt und roten Luftballon, stolz in Händen halten. »Einen Fuffi bar auf die Kralle haben sie mir abgeknöpft, so viel verdienen Sie vermutlich in der Woche, hab ich recht? Das nenn ich geschröpft. Eine Woche lang malochen, von acht bis achtzehn Uhr, täglich putzen, kopieren, Hania, ach sei so lieb, jahrein, jahraus die Seele vom Betrieb, und dafür kriegen Sie so viel, wie dieser Dieb einem fürs Parken abnimmt, und dabei ist der noch ein alter Bekannter von mir. Die Zeiten sind auf den Hund gekommen, wirklich, früher waren die Leute anders, hatten Ideale, früher war alles anders, heute zählt nur Geld, Geld, Geld, haste was, kannste was. Ich fahr jetzt auch nach Hause und sag zu meiner Alten: Raus mit der Kohle, zehn Złoty fürs Türaufhalten, hier den Flur bin ich langgegangen, das war noch umsonst, aber jetzt das Mittagessen, das macht zwölf Złoty, und wenn du reden willst, macht das ohne Verkehr achtzig, und mit etwas mehr, sagen wir hundert, nicht dass du dich wunderst, Eherabatt und Treuebonus, weil wir verheiratet sind. Gezahlt wird bar, mit Karte geht auch, hier die PIN eintippen, bestätigen mit Grün, nicht dass ich ungesellig wär, aber die Rechnung für letzten Monat Atmen und Schwerkraft ist fällig. Den Kaffee bitte, Frau Hania, ein bisschen dünner, zwei gestrichene Löffel.«

Neulich hat ihm nämlich der Psychiater gesagt, er soll nicht so übertreiben mit dem Kaffee. Eigentlich war es Sandras Idee: »Geh doch mal zum Arzt endlich, du bist ja völlig verändert, du bist anormal, sag mal, wie bist du eigentlich drauf?« Seiner Meinung nach trug sie ein bisschen dick auf, wollte ihn strafen dafür, dass ihr Geschlechtsleben, sagen wir es offen, sanft entschlafen war, aber was machte sie da so betroffen? Weder hatte sie nach der Geburt besonders zugenommen, noch Schwangerschaftsstreifen bekommen, er betrog sie nicht, nee, keine Gelegenheit, bei ihm ist einfach in letzter Zeit die Luft ein bisschen raus aus bestimmten Körperteilen, ist doch nur natürlich, so ein Reifungsprozess. Mit fünfzehn hat man noch Träume, da ist es leicht, sich aufzugeilen und nonstop in seiner Alten zu verweilen, ihn die ganze Zeit drinzulassen bei ihr – Essen, Fernsehen, Schlafen, alles verpassen, das waren noch Zeiten, aber jetzt mal im Ernst: Mal hat er Lust, dann wieder keine, aber wenn's ihm gleich stinkt, das Laken, und zwar nach Erbrochenem, kein Wunder, wenn sie das Kind hier ablegt; mal will er die *Fakty* oder einen Thriller gucken, denn schlafen ging in letzter Zeit nicht mehr, und gleich daneben irgendwelche Flecken sind, was ausgelaufenes Gelbes, ihm kommt das Kotzen, hier plärrt das Kind, wenn sie nur wenigstens was zu ihm sagen und es beruhigen würde. Überall vollgekackt, man könnte glatt ein Toi Toi hier aufstellen und im Wohnbereich 'nen aufblasbaren Sumpf, dazu das Ganze mit Kartoffelschalen bestreuen. Da hat er ihr gesagt: »Wach endlich auf, Alte, mach was damit, was geht hier? Früher warst du prickelfrisch, jetzt bist du dumpf.« Hat er nicht extra dafür 'nen Wickeltisch gekauft, damit sie da drauf die Windeln wechselt, und zwar keinen von den billigen, sondern eher von der teureren Sorte, mit zwei Regalen und einem Schubfachset? Wozu hat er ihr das gekauft, fragte er sich bitter, wenn hier sowieso alles, was ging, vollgekackt war, außer den schwer bekackbaren Teilen wie Zimmerdecke, Lampen oder Wände. Und sie darauf: »Erzähl mir hier keine Bände, du Irrer, lauf nicht mit dieser Kutte rum, sonst hast du mich die längste Zeit gesehen, und überhaupt, du solltest zum Psychiater gehen.« Eindeutig emotionale Erpressung ihrerseits, das macht er nicht mehr mit, Gehirnwäsche auf Schritt und Tritt, Psychofolter, ständiges Andeuten einer Geisteskrankheit. »Lass dich mal durchchecken, früher, da hast du langsamer gesprochen, normaler, du jagst mir Angst ein und Schrecken, das kommt von deinen Buddhas, Sangas, Ziegen Jehowas, die dir deine Bleche verbiegen. Unternimm etwas, iss Wurst wie ein normaler Mensch, nicht immer Bast und Rinde, handgeschöpftes Papier, alles verdorben, reiß dich zusammen, guck mal hier, der Papst ist gestorben.« Aber wo war das Problem? Dass er nicht maulfaul war? Auf seinem Telefon hat er was aufgenommen – dass da ein Diktafon mit drin war, hat er erst mitbekommen, als er einmal die falsche Taste wählte –, und als er jetzt die Wörter pro Minute zählte, kam er auf über vierzig. Eine Menge, kann ja sein, aber mal nicht übertreiben, bei dem Befund ist man gesund. Er sprach vielleicht zu schnell, aber noch immer laut und deutlich. Am Ende ging er trotzdem zum Psychiater, kommt da rein und sieht, das ist ein netter Vater, in seinem Alter, eine Spur älter vielleicht. »He«, sagt der gleich, »super, Ihre Kutte da«, und ihm gefällt der! Der Doktor war Anarchoveteran, als Drucker von *Freiheit und Frieden* im Untergrund, zog nie die Unterhose aus und erzählte statt Diagnosen lieber Geschichten, was, ist nicht wichtig. Jedenfalls kam das Gespräch auf die lieben Kleinen, und zum ersten Mal durfte er weinen, sein Herz ausschütten, das Arztgeheimnis löste ihm die Zunge. Wie absurd, für diese Familiengeburt einen Tausender hinzublättern! Einen Tausender für die, mit Verlaub, beschissenste ästhetische Horrorshow seines Lebens. Kostspieliges Vergnügen, mit anzusehen, wie die eigene Frau einen Haufen macht und pinkelt, und zwar nicht auf dem Klo. Das hätte er auch zu Hause haben können, umsonst und ohne Publikum, aber hier steht das versammelte Ärztekonsilium herum, Monty Python, Innereien fliegen auf die Seiten, nehmen Sie Ihre Frau an der Hand, na machen Sie schon!

Und statt sich jetzt zusammenzureißen, die Zähne zusammenzubeißen, schluchzt die und weint, kriegt aus heiterem Himmel eine, sag schon, wie die heißen, Depression. Er bringt ihr eine Apfelsine, sie macht keine Miene, die zu essen, zerquetscht sie in der Hand, bis sie völlig ungenießbar wird. Er sagt zu ihr: »Komm mal wieder runter, Frau, winsel hier nicht herum, du liegst wie eine Königin im Hospital, alle bauchpinseln dich, wischen es dir vorn und hinten ab, Menschen werden nun einmal geboren und sterben, schreib dir das hinter die Ohren, Schmerzen wirst du noch mehr als einmal im Leben haben, stell dir vor, du bist Indianerin und liegst in der Prärie.« Der Seelenklempner sagt: »Alles normal, kein Grund zur Hysterie, nur nicht so viel Kaffee trinken.« Na super, am Ende redeten sie über Gott und die Welt. Er erzählte von seinen Problemen, den Krampfadern, wie alt er sich manchmal fühlt, ganz einfach nur alt, und wie er manchmal glaubt, sein Leben verspielt zu haben, dass er die vielen Sachen hat, Espressomaschinen, was soll er damit machen, keine Lust sie zu benutzen, Staubfänger, nur zum Putzen, über die Schweinesitten in der Branche, schließlich davon, dass er jede Hoffnung auf Revolution begraben hat, höchstens einen Molli auf den Veit-Stoß-Altar in der Marienkirche könnte man noch schmeißen, das ist wahr, erste Pläne dazu haben sie sogar schon durchgespielt, bis er sieht, der Arzt schielt auf die Uhr, also will er zahlen, der aber sagt nur: »Rybi, spinnst du?!« Das war nämlich sein Pseudonym bei den Anarchisten. Als er das hörte, kamen ihm beinah die Tränen, ein Mensch, einer unter Tausenden, der kein Geld von ihm wollte, er steht auf, nimmt seine Kutte von der Lehne. »Ach«, sagt der Psychiater, »bevor ich's vergesse, kannst du einem alten Landsmann und besten Kameraden etwas raten? Ich hab da eine musikalisch sehr begabte Nichte, ganz traurige Geschichte, das Mädel ist hässlich wie Rotz und Nacht, früher haben Kinder auf der Straße Makrelenpellen in ihr Maul gesteckt und Pipi auf sie drauf gemacht, bis meine Schwester sie nicht mehr raus ließ, mir selbst graust bisweilen vor dem kleinen Biest. Sie hat nie einen Kerl gehabt, hat angeblich mal einen Liedermacher rangelassen, der sie sitzenließ, noch während sie ihm einen blies, und das beim ersten Mal. Das hat sie fürchterlich traumatisiert, und sie fantasiert seither von Straßenbahnen und Altären. Später hat meine Schwester, also ihre Mutter, ihr eine Yamaha zugelegt, ein Keyboard, damit ihr der Verstand nicht völlig über Bord geht. Das Mädel spielte und spielte, und jetzt plankt sie darauf rum wie 'ne Alte, kennt alle Standards, diverse Motive von Mozart, die Melodie von den *Vier Jahreszeiten*, kann gut begleiten, vielleicht auch singen, ich frage mich, ob du sie nicht wo unterbringen, ihr einen Job verschaffen könntest? Ja, hässlich ist sie, das sag ich ohne Häme, ich kenn mich da nicht aus, aber vielleicht wenn sie ein Korsett bekäme, eine Maske oder so ...«

»Sicher, ich hör mich mal um, bin zwar nicht die richtige Adresse, aber vielleicht hat jemand aus der Branche an was Hässlichem Interesse«, sagt er und anderes Geschleime, reicht ihm die speziell für solche Zwecke präparierte Visitenkarte, mit nicht mehr aktueller Nummer. »Bis bald dann, ruf unbedingt in ein paar Tagen an«, sagt er zu ihm und guckt woanders hin, geht auf die Straße, merkwürdige Bilder im Sinn, versucht sich mangels anderer Ideen eine hässliche Tussi vorzustellen, die schielt und Keyboard spielt, dann plötzlich, die Erleuchtung, wie beim Dichter, als gingen in einem Plattenbau sämtliche Lichter auf einmal an: Die totale Innovation, einfach wie alles Geniale, hat er nicht genau das gesucht?

Eh Leute, legt die Messer weg, sie hat nie kein Buch mehr geschrieben. Immer die Ruhe, legt den Stuhl aus den Händen, die Scheiße läuft euch nicht weg, die Scheiße kannst du auf jemand Besseres schmeißen. Deine gute Scheiße wirst du doch nicht an eine Hausfrau verschwenden, die in ihren vier Wänden das verchromte Abdomen des Staubsaugers spazieren führt und quasi was tut, aber was kann das taugen, wenn keine Augen es sehen. Mensch sag, was sollst du tun, wenn niemand guckt, was du tust, weil du zu Hause gluckst?! Im Wohnzimmer hängt eine Art Wandzeitung, vor der sie immer wieder stehen bleibt und sich an Geschlechtsorganen und am Brustkorb reibt. Die Kritiken, Zeitungsausschnitte unter Schutzfolie, kennt sie auswendig, aber schadet ja nicht, nochmal zu lesen, wie das war, natürlich nur die positiven, klar. Sie wechselt den Blumen davor das Wasser, zündet Duftkerzen an, macht es sich nett, pflanzt Tannenbäumchen ins Parkett, weißt auf den Fotos die Zähne mit Tipp-Ex, und alles flüstert: Es ist aus, du bist weg vom Fenster, Wojciech Kuczok hat Lesung im Schlesischen Haus, alles flüstert: Du bist raus. Eh Leute, legt diese Scheiße, diese Messer weg, sie hat nie kein Buch mehr geschrieben!

Derweil verkündet er in Gedanken schon eine neue Medienepoche: Von nun an ist Schluss mit Gedärmen, Scheißereien und analen Themen. Zeit, sich für das Reale zu erwärmen, Zeit für die Wahrheit, für Werte, nach Klarheit sehnen sich die Menschen. Wider die herrschenden ästhetischen und mentalen Tendenzen wird er, Szymon Rybaczko, der geniale Manager, jetzt eine hässliche Muschi lancieren! Exzessiv hässlich, unermesslich hässlich, ohne Arsch und Titten, der Bauch so richtig fett von Fritten, hässlich auf die dritte, ganz besondere Art: Nicht wie die verlorene Mandarine, die tagelang unter der Sonnenbank schrumpelt, sondern in Richtung alternative Pilgerin, eine Undine, die sich den fünfzehnten Tag in Jesuslatschen von Danzig nach Tschenstochau quält mit einer Miene, als müsste sie mit ihrer Mütze Wasser aus Pfützen trinken und sich von Wespen und Zweigen ernähren, denn die Zielgruppe, die wird eine anspruchsvoll christliche sein, der muss man das nicht lange erklären. Keine flache Muschi, die singt: »Du bist keine Laune der Natur, ich liebe dich so oder so, ob in Moll oder in Dur«, oder: »Mein Solarium ist klein, doch für mich und dich soll die Sonne darin scheinen«, sondern eine bucklichte, total abgelehnte, ausgelachte, ungeliebte Unterschichtuschi, die die soziale Thematik anspricht, den Dreck, das Böse, die niedrigen Lebensstandards. Aus dem Publikum wird sie mit Griebs, mit Hundekacke und Klopapierrollen beschmissen, alle finden das toll und rasen vor Ekstase, zwischen Mitleid und Verachtung hin- und hergerissen. Er sieht das schon vor seinem geistigen Auge, das zieht, das kommt medial genial, das geht hoch wie Dynamit.

Aber die Frage ist, wie findet er so eine? Er machte ein Casting, aber da kamen die einschlägigen Kandidatinnen: Alle hässlich, okay, aber so banal, so schal und voll von den Parfüms, an denen sie nippen, magersüchtig, die Pickel überklebt, die Buckel gepudert, nur einen Mantel über dem Bikini. Dann fläzt sich so ein Teenie gleich auf deinem Schreibtisch, will dir ein Ständchen bringen, den Ständer signieren und dir was singen. Aber seien wir real, es geht doch hier nicht um Gesangsqualitäten, da rutscht eine schon auf den Knien, als würde sie beten. Immer ist es so, dass irgendwann das Casting umschlägt in eine trübe Nummer, ein allgemeines Festival des Weltenkummers, Ach und Weh vom Heiligen Kreuz. Auf diesem Ohr ist er längst taub, die Gesellschaft ist frustriert, dagegen hilft nur innere Härte, der Rückzug auf höhere Werte. »Ich habe keine Arbeit, wenn Sie wollen, knie ich hier vor Ihnen nieder, suchen Sie vielleicht jemand für Ihre Wohnung zum Putzen? Ich lass mich gern benutzen, wiener den Boden mit den Händen, scheure ihn mit dem Haar und wische die Wände mit meinem Gesicht, williger geht's nicht, ach bitte, Mann, ich flehe Sie an, ich bin immer fröhlich, I am a in your headlights rabbit, hier in meinem Lebenslauf steht alles drauf, und überhaupt, mein Neffe hat im selben Block gewohnt wie Sie, nur in einem anderen Aufgang, erinnern Sie sich nicht, er hatte ein Gesicht, und Haare, Marcin, ich beschwöre Sie, ich flehe Sie an.« Na, wenn dir eine so ein Ständchen bringt, das hältst du noch aus, dann aber kommt die zweite, vierte, die Flecken unter deinen Achseln werden nasser, du selbst wirst blasser, längst bleibt der Keks dir im Halse stecken. Und schließlich platzt du wütend raus: »Basta, Schluss jetzt mit Jammern und Weinen, was denken Sie sich, verdammt nochmal, eigentlich? Jawohl, ich bin reich, reich, reich, und ich gebe es zu, na und, soll ich mir da gleich die Pulsadern aufschneiden?? Meinen Sie, nur weil Sie mich beneiden, bin ich glücklicher als Sie? Zu essen habe ich genug, aber keinen Appetit, und alles vergammelt. Sachen in Hülle und Fülle, ein Haufen Gerümpel, wo der Staub sich drauf sammelt. Versuchen Sie ja nicht, mir Schuldgefühle einzuimpfen, mich für alle Übel der Welt zu beschimpfen, soll ich mich hier vielleicht in Asche wälzen? Dafür gibt es Institutionen, Altkleidercontainer stehen an jeder Ecke. Klar bin ich froh, dass ich in meiner und nicht Ihrer Haut stecke, aber leicht hat's heute niemand. Ich für meinen Teil hab' Krampfadern, meine Tochter hat 'ne Eiweiß-Allergie, soll ich deshalb mit dem Schicksal hadern? Mit meiner Frau schlaf ich fast nie, an wen soll ich mich wenden? Selbst ist der Mann, und jeder seines Glückes Schmied. Stehen Sie auf, die Nächste bitte, die Nächste.« Und so die Nummer fünfzehn, sechzehn, vierundzwanzig, der Zweifel wächst, die Socken riechen ranzig, er hat den ganzen

Tag gesessen, kaum was gegessen, keine gefunden, eine Strapaze auch für nervlich Gesunde. Vor Verzweiflung hat er vier Kaffee getrunken, was der Arzt ihm bekanntlich verboten hatte. Völlig am Ende, fährt er nach Hause, öffnet die Tür: Sandra macht Aerobic zu *Denk nichts, Liebes*, im Radio läuft *Denk nichts, Liebes*, im Fernsehen *The Kuddels* im Gespräch mit Mac Robert, in der *Wprost* oder in jeder anderen Zeitschrift: überall *The Kuddels*. Schlagzeile: »Zukunft gestalten – kongenial den Kot nicht halten«. Die kreative Inkontinenz der Band lobt Marta Sawicka, Ranicka oder wie sie hieß, der polnischen Literaturkritik gebündelte Intelligenz. Die Wände der Welt verengen sich, die Decke fällt, Teppiche wispern, etwas sitzt ihm im Nacken, er kriegt's nicht zu packen, denkt nach, und da! Die rettende Idee! Wie hieß noch gleich dieser Psychiater? Irgendwas auf »E«. Eins, zwei, drei, ein paar Telefonate, ein paar flotte Sprüche, schon hat er ein Date mit dieser Nichte in der Philosophensuppenküche. Kommt dort an, schon fast ohne Hoffnung, das ist oft so, und da – er glaubt seinen Augen nicht – begreift sofort, das ist sie! Er sieht die Braut und weiß, eine hässlichere als die findet er nie. Das Gesicht total versaut, der Körper wie Hund oder Mops, die Augen eitrig, zwei ausgelutschte Drops, im Mund hinter lauter Zähnen lauert das blanke Gähnen. »Patricia Pitz«, stellt sie sich vor. Lila schlängeln sich die Schläfenvenen, die Lider in unterschiedlichen Farben, Mustern und Tönen. Selig ist der glückliche Finder! Sie stöpselt ihre Yamaha ein und fängt gleich an zu dröhnen, ganz patent. »Wahnsinnstalent!«, schreit er, während sie spielt. »Eine Sensation!«, als würde sie auf Wasser wandeln. Ihr Anblick versetzt ihn in totalen Aufruhr, sodass er einen

Augenblick fürchten muss, das wäre eine Halluzination. »Entschuldige, geh bloß nicht weg«, sagt der Impresario, »ich muss mal kurz aufs Klo.« Dort zieht er die Spülung, um sie über die Geräusche zu täuschen, und nimmt Fühlung auf mit seiner Firma: »Es hat geklappt, Mann, die ist prima! Wir haben sie! Wir haben sie!«

Am nächsten Tag Termin bei der Maskenbildnerin. »Au Scheiße«, entrutscht der blöden Kuh, die will ein Profi sein? Zack, sofort Schublade zu und der Doofen die Finger eingeklemmt, damit sie kapiert, sie soll die Klappe halten und Patricia professionell gestalten: Die ist beinahe ideal, fast alles dran, nur ein paar Pickel mit weißen Häubchen klebt sie ihr noch an und schmiert ihr Öl ins Haar, und wie er das sah, erschrak er selbst, denn so was bleibt doch haften im Gehirn, das kann nicht jeder verkraften, seinem Kind jedenfalls würde er das nie erlauben. Er selbst erwacht in letzter Zeit von seinem eigenen Verzweiflungsschrei – »Sandra! Sandra!« – in der Nacht, ein Traum in 3-D, zum Anfassen, das tut echt weh, darin sah er Patricia, wie sie, über sein Bett gebeugt, ihm ihre Fratze anhängt, das Gesicht eines Schweins, und sagt: »Rybaczko, jetzt ist es deins.« O Gott, er zitterte am ganzen Leib, als er erwachte, und Sandra, dieses Weib, schlug, anstatt ihn zu beruhigen, die flache Hand in sein Gesicht: »Hau ab, du anormaler Affe, weißt du nicht, wo deine Seite ist, was suchst du hier auf meiner?« Und so weiter. »Hier ist die Grenze, geh in deine Ecke«, sagte sie, schirmte ihre Hälfte der Matratze ab und grapschte sich den größten Teil der Decke. Dann schlief sie wieder ein, er aber lag noch lange wach und dachte nach, ein Sturm von schrecklichen Ängsten marterte ihn. Vielleicht war

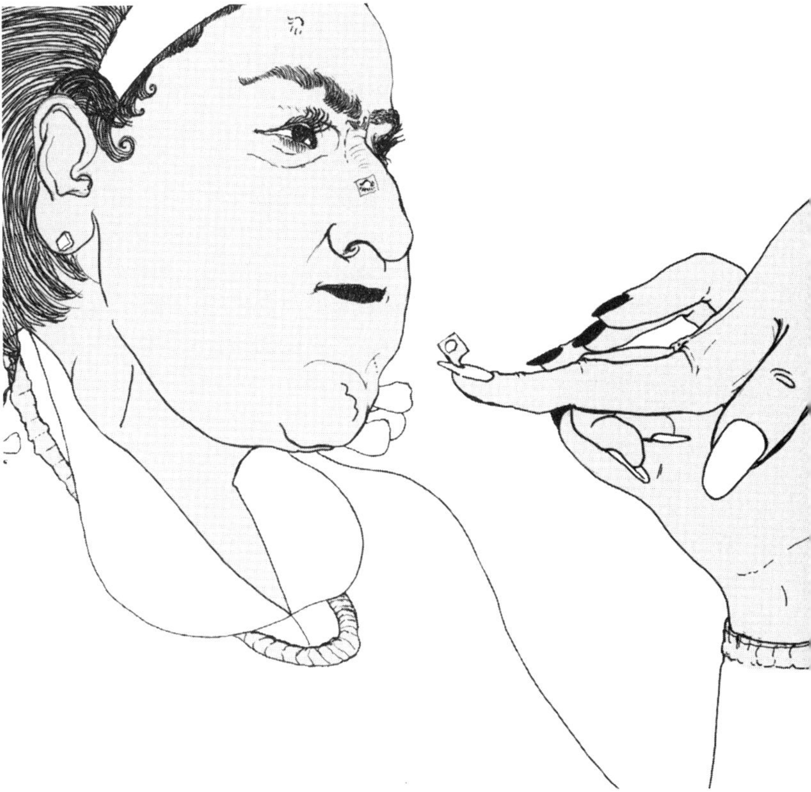

Die ist beinahe ideal, fast alles dran, nur ein paar Pickel mit weißen Häubchen klebt sie ihr noch an und schmiert ihr Öl ins Haar ...

das auch die Folge anderer Ereignisse, wie dass ihn letzten Monat unbekannte Täter mit Ölfarbe schwarz malten, was ich ja erwähnt hab. War es ein Wunder, dass er Angst hatte? Wer wäre da normal geblieben? Es war ein Tag wie jeder andere, gegen sieben, er war auf dem Heimweg von der Arbeit: Er steigt aus dem Auto aus, geht die paar Schritte zum Haus, und da – hopplahopp, mit einem Mal, pardauz! Bis heute erbleicht er, wenn er nur daran denkt. Schockschwerenot, die Welt geht unter, hier ging er noch vor einem Augenblick ganz munter, jetzt zappeln seine Beine in der Luft, die Welt steht Kopf, die Farbe tropft, noch eben sah er Licht, jetzt nicht, jetzt sieht er schwarz. Es waren zwei oder drei, ihre Gesichter sah er im Dunkeln nicht, sie kamen mit der Tinte von hinten, eines ist sicher, das war Revanche, jemand aus der Branche, er verdächtigt den Manager der *Kuddels* und seine Schmuddelkomplizen, obwohl es laut seinem Staatsanwalt, den er sofort informierte, keinerlei Indizien gibt, keine Spuren vor Ort, so als wäre nie etwas gescheh'n. »Vor Gericht werden wir uns wiedersehen«, hatte er gebrüllt, aber statt von Mensch zu Mensch mit ihm zu sprechen, wollten sie sich rächen und haben ihn schwarz gemalt. Seine Kutte ist noch immer steif von Farbe und hat Streifen, die nicht rausgeh'n, er hat's mit Spiritus versucht, mit Lösungsmittel, vielleicht waren das auch Rechte, irgendwelche Glatzen, ihn für das Lancieren eines Schwulen zu klatschen, oder Sandra hat sie auf ihn angesetzt. In der Sache wird noch ermittelt, jedenfalls weiß er nicht, was genau passiert ist, er war vor Angst ganz benommen und ist erst im Krankenhaus zu sich gekommen, angemalt, eine Extremsituation, schau mal, wer würde nach diesem Trauma normal bleiben? Alles ist ihm klar geworden auf dieser Station, die letzten Dinge, die Grundfesten der Welt. Es juckt, er muss sich reiben, fächelt sich mit dem »Spitalsanzeiger« Luft ins Gesicht, obwohl, du weißt ja nicht, wer das schon alles angefasst, wer die Seiten mit demselben Finger umgeblättert, mit dem er sich vorher den Tumor gekratzt hat. Sogar den Pimmel nimmt er ungern raus, nachher holt er sich beim Pinkeln noch was Schlimmes. Der einzige psychische Trost war die vorläufige Formulierung der Anklagen im Geiste, denn dass er das Spital verklagen würde, daran bestand schon damals kein Zweifel: A – Entzug der Unterhosen zwecks Beraubung der Würde, skandalöse Bemerkungen über die vom Patienten nicht zu vertretende Farbe seiner Genitalien. B – Verhöhnung des Patienten durch die Pfleger sowie Verhinderung seines Protestes mittels Ablage eines Stativs Querstrich Abzugshaube auf seinem Bauch. C – Aufklärung der anderen Patienten über seinen angeblichen Reichtum mit dem Ziel, sie aufzuhetzen und zu provozieren. D – Verursachung von dauerhaftem psychischen Schock und Schlaflosigkeit bei dem Patienten, Förderung der ehelichen Zerrüttung und der Notwendigkeit einer kostspieligen psychiatrischen Therapie.

Zur Beobachtung legte man ihn, lieblos gesäubert, in ein Mehrbettzimmer. Andere Patienten litten schlimmer, er hatte nur hartnäckige schwarze Flechten und war dazu noch reich, deshalb landete er gleich ganz unten in der Spitals-Hierarchie. Das Sagen hatten sie: krebskranke, schwerbehinderte, verletzte und verstorbene Patienten, deren Terror die Station erzittern ließ, eine Art Mafia, die blühenden Schwarzhandel mit Käse und Kuchen betrieb, den selbst zu verzehren sie aus Mangel an organischem Gewebe nicht mehr fähig waren, sodass ihnen gar nichts anderes übrig blieb. Doch als er von ihnen etwas kaufen wollte für eine Armbanduhr Original Seiko, da spotteten sie nur. Gefügig machen wollten sie ihn, und die Pfleger, an die er sich um Hilfe wandte, reagierten nicht. Sie lachten nur über seine Bemalung, wenn man das Lachen nennen kann, diese verzweifelten Klagen von Vieh, das man mit dem Stullenmesser schlachtet. Derart entmenscht und entmachtet, ruft er Sandra an: »Hol mich hier raus, ich flehe dich an.« »Verpiss dich, Mann, leg erst die Kutte ab, du Psycho, dann komme ich vielleicht«, hört er und danach nur das Tuten im Hörer. Er sitzt in der Patsche und fürchtet rauszugehen, um ja niemand zu sehen und nicht erkannt zu werden. »Neger, Neger, Schornsteinfeger«, hört er im Saal ständig flüstern, hinterhältig und lüstern. Es reicht, dass er sich eine Sekunde lang umdreht, schon pissen seine Hasser ihm hinterrücks in die Flasche mit Leitungswasser, die er sich zum Frühstück füllt. Belastend sind Witzchen über Aa und Kaka von Spasten, die zu drei Viertel biologisch abgebaut sind und denen man zum Pinkeln den Pimmel im rechten Winkel halten muss. Das alles war 'ne harte Nuss. Er schwieg zunächst und merkte sich die Namen auf dem Krankenblatt, damit er wusste, wen er zu verklagen hat, aber er war am Ende der Belastbarkeit. Man brachte ihm das Frühstück, eine Heildiät für akute Fälle von Schwarzmalerei, Brot ein Stück, drei mal drei Zentimeter mit Falz, zwanzig Milliliter Tee und einen Löffel Schmalz. Er ist Vegetarier, aß es trotzdem aus Angst, man könnte ihm auch das disziplinarisch entziehen. Und bis zur Visite wär es vielleicht noch gegangen, aber dann kam die Sache mit dem Fernsehen, denn auf seiner Station hatten die Patienten keine anderen Sorgen, als den ganzen Morgen lang sechs Złoty für fünfzehn Stunden Fernseh-Dauerempfang zu sammeln, und bekamen das auch zusammen. Jetzt saßen sie da, glotzten irgendwelche XY-Akten, Abendschauen und Morgenfakten, und plötzlich, er glaubt es nicht, sieht er sein eigenes Gesicht, eine Amateuraufnahme mit dem Camcorder, wie sie ihn bemalt zum Rettungsfahrzeug tragen: »Bekannter Manager, Promoter, Medienspezialist heute Nacht von unbekannten Banditen angeschwärzt«, und so weiter. Fachleute kommen zu Wort: »Immerhin war es kein Mord. Zum Verdacht der Selbstbemalung ermittelt noch die Polizei. Im Hospital in Praga liegt das Opfer, achtzig Prozent der Körperoberfläche sind schwarz gemalt, und wie der Sprecher des Hospitals mitteilt, lässt sich die doppelte Ölfarbschicht nur außerordentlich schwer entfernen. Die Polizei geht jetzt der Frage nach, wem daran gelegen war, den Manager und Medienpotentaten Szymon Rybaczko schwarz zu malen? Aus Warschau für die Tagesschau Hanna Markowska-Arslam«, Slamarsch oder wie schlimm die Schlampe sonst hieß, egal. Jedenfalls verlor er die Beherrschung, und obwohl er wusste, wie wichtig es ist, als Buddhist das innere Gleichgewicht zu wahren, schaltete er ihnen – dieser Vorwurf trifft zu –, schaltete ihnen das Patienten-Fernsehen aus. Eben noch war es laut und gesprächig – man schrie und johlte bei dem Bericht: »Hahaha, ist das nicht unser Neger da, der Mambo«, rief jemand und zeigte mit dem Finger auf ihn –, und jetzt auf einmal, beim Anblick der toten Kiste, die keinen Mucks mehr macht und nicht mehr flimmert, hat's denen die Sprache verschlagen. Alle glotzen ihn an, als hätte ihnen gerade jemand das Geschlecht aus der Hose geraubt, am helllichten Tage die Eier abgestaubt. Sie können es nicht fassen, Münder gehen auf, schon sehen alle viel gesünder aus und krempeln die Ärmel hoch, schon wollen sie ihm das Pyjamaoberteil abziehen, all die vergeudeten Fernseh-Sekunden! Sei's drum, aber dann kommt so ein armer Kerl, dem am Arsch der Schlafanzug schlabbert, der hat nicht verwunden, dass seine Drei-Złoty-Spende nun verschwendet ist, und sabbert dreist: »Eh, Angemalter, für jede nicht geguckte Fernsehminute rückerstattest du mir fünfzig Groschen.« Fünfzig Groschen? Die Minute? Dem haben sie wohl ins Hirn geschissen, da rastet bei Szymon was aus, er ist gepackt von ohnmächtiger Wut, er brüllt schon fast unter Tränen, gequält bis aufs Blut: »Eh Alter, du kommst dir wohl echt mutig vor, kümmer dich lieber um deinen Tumor!«

Das ist ihm nur so rausgerutscht, er war gereizt, der arme Kerl jedoch steht da und weint. Er hat es doch nicht so gemeint, er wollte ihn auch nicht verletzen, er wollte nur, dass er aufhört zu schwätzen, mein Gott, wie kann man so humorlos sein. Bisschen mehr Haltung, mein Herr! Bist du erwachsen? Dann benimm dich auch so. Aber die Situation ist da, und ihm wird klar, wenn er hier noch ein wenig länger verweilt, wird das übel enden für die Unversehrtheit seiner leiblichen Hüllen. Deshalb komme, was da wolle, zieht er sich jetzt an, wirft die Kutte über, alles so hart und steif von der Farbe, als würde er einen anderen Menschen überziehen, und stiehlt sich hinaus, will fliehen, betet nur, dass niemand ihn bemerkt. Vor dem Krankenhaus will er in ein Taxi springen, trippelt die Treppen runter, so ein deformierter Vater holt ihn noch ein: »Entschuldigen Sie, sind Sie der Schwarzgemalte? Darf ich um ein Autogramm bitten ›Für Agata‹? Vielen Dank.« Er knallt die Tür, um vom Ausgang sofort zum Kiosk zu laufen und sich eine dunkle Brille zu kaufen, ein edles Plasteteil von Dolce & Rombanna mit undurchsichtigen Gläsern, vergoldetem Kettchen und Falschgoldpflanzenornamenten an den Rändern. Aber kaum ist es ihm gelungen, das Gestell zu verändern, das Kettchen nach einigem Rucken abzureißen, um sich damit nicht völlig zu blamieren, kaum setzt er sie auf, um inkognito davonzuflanieren, denn ihm ist wohl klar, dass er mit dieser schwarzen Scheiße aussieht wie Sau, und eben hält er nach einem Taxi Ausschau, da fasst ihn jemand am Arm und sagt: »Was geht, Alter!«

Als er Retro sieht, ist sein erster Gedanke, dass der es war, dass Stan Retro diese Halunken auf ihn angesetzt, dass er sie gedungen hat, um sich für die Erniedrigungen zu rächen – und das waren ziemlich viele, gibt Szymon zu, die er in den Niederungen seiner Firma *Life and die* einstecken musste, aber mal ehrlich jetzt, der war doch selber schuld –, und hätte ihm jetzt aufgelauert, um aus der unvorteilhaften ästhetischen Erscheinung des Firmenchefs Vorteil zu schlagen, Genugtuung zu fordern für ungewollte Schwulitäten. Aber später ging er dieser Sache nach, nicht Stan hatte die Bemalung in Auftrag gegeben, aus ziemlich glaubwürdigen Quellen erfuhr er, dass die Dinge ein bisschen anders lagen. Was dort genau passiert war, kann er nicht sagen, die Geschichte war wüst. Jedenfalls hatte Retro Silvester auf undurchsichtige Weise die gesamte Unterhaltungs- und Haushaltselektronik eingebüßt, das war, glaube ich, im letzten Kapitel. Später soll es ihm gelungen sein, sich Fernseher und Waschmaschine wiederzubeschaffen, er hatte sich in die Garagen in der Nähe begeben, so eine Treibhausbaracke dort, in dem Kiez, wo er in Praga wohnte, und sie für zwei Schachteln Fluppen von zwei betrunkenen Typen zurückgekauft – obwohl sich nach der Transaktion herausstellen sollte, dass sowohl Empfangsgerät wie Waschmaschine mit Ölfarbe in einem Zwischending von sämtlichen Tönen gestrichen worden waren. Aber egal, seit diesem Tag sitzt er angeblich ununterbrochen auf seiner Bude, guckt alles, was gerade läuft, und sei es nur das Waschprogramm, weil er ganz einfach nichts zu tun und keine Freunde hat. Und heute lief beim Waschen bestimmt gerade Tagesschau, und er hat den Bericht von Szymons Aufenthalt im Hospital in Praga gesehen. Vielleicht hat er nicht das Bemalen in Auftrag gegeben, aber er lauert hier bestimmt schon eine Weile am Kiosk, und zwar nicht, um ihn zu trösten, denn diese Welt, ob gut oder schlecht, sie ist nun mal so: beim Bescheißen wirst du so ungern erwischt wie auf dem Klo. Deshalb kriegt Stan ihn durch die Kleidung im Nacken an der Mala zu packen und lässt die Mala lässig flippen, als hätte er in der Klasse das Mädchen mit den dicksten Titten am BH erwischt. »Was tust du hier«, fragt er, »Bruder?«, und mimt Erstaunen über Szymons schwarz gemalte Kleidung. »O mein Gott, Szymek, was ist passiert? Hat dich jemand schwarz gemalt, haha?«, und fügt hinzu: »Tolle Brille, Alter, mein letzter Wille, lass mal gucken. Eh, sieht man ja fast gar nichts durch, Mann. Aber ausschauen tust du schau damit, wie Detective Rockford oder so.«

Szymon schafft es noch nach Hause, gibt dem Kutscher die Seiko Original, der verneigt sich tief für diesen Kilometertarif. Aber jetzt kommt's, er öffnet die Tür zu seiner

Wohnung, sieht Sandra, und ihm ist einfach nur zum Heulen, er ist so down wie noch nie. »Hallo Sandra«, sagt er schwach, seine Stimme bricht, er muss sich zusammenreißen, sich das Flennen verkneifen. »Wie geht's? Was macht die Kleine? Aber wieso denn jetzt ›zieh Leine‹, ›ich mach dir Beine‹, ich komme hierher, wie redest du mit mir? So eine Brille hab ich dir gekauft, guck, vielleicht gefällt sie dir, schwarz, zum Spazierengehen, sehen kann man nichts damit, probier mal an, ganz toll. Nu setz sie doch wenigstens mal auf, Kurwa, was heißt ›rühr mich nicht an‹, was heißt denn anormal, Kurwa, ich war im Spital, ich hab dich geliebt, und du kommst mir so.«

Jesus Maria, daran darf er gar nicht denken, sonst geht er völlig aus dem Leim, überall Verräter und Verrätersverräter, überall Wanzen, Wände mit Augen, du denkst eine Spur zu laut, am nächsten Tag wird es schon im Radio durchgekaut. Aber er ist nicht deshalb zur Arbeit gefahren, um sich einen Depri zu holen, die Sache ist vor Gericht, alles wird gut, ha, ha, an dieser Stelle lachte er oder machte sich vielmehr Mut, indem er sagte: »Ha, ha«, und was ging? Also, in der Sache Patricia ist das Image geklärt, die Arrangements sind geschrieben, einzig offen ist die Frage der Texte geblieben. Deswegen ist er ja heute hier so früh, denn entgegen dem Anschein ist das ziemlich diffizil. Das zu schreiben ist ein Kinderspiel, er selbst schafft das mit Links, beim Autofahren, aber das ist ja gerade sein Plan, dass das ein bekannter Name schreiben muss, um die Konkurrenz noch weiter auf die hinteren Ränge zu verdrängen, sie in die Enge zu treiben. Jetzt eine dramatische Szene, seine Hand umkrallt die Sessellehne, die andere knallt emphatisch auf die

Tischplatte. »Woźniak«, ruft er Woźniak, doch niemand kommt. »Woźniak«, ruft er noch lauter, und Woźniak erscheint atemlos in der Tür. »Ich will jemanden für die Texte, zum Schreiben, einen bekannten Namen, nicht unbedingt ein großes Talent, hier hab ich so eine Liste mit Themen, die in dem Werk zur Sprache kommen sollen, es reicht, das in ganze Sätze mit Reimen und Refrains zu bringen, meine Idee ist die, dass die Pitz ein HipHop-Star sein wird, nur so was ist jetzt populär, diese Welle reiten jetzt alle, die Beats soll sie selbst im Freestyle auf ihrem Yamaha-Teil dazu spielen, damit der DJ uns nicht auch noch kostet, geil? Er muss das nicht mal schreiben, das krieg ich selbst noch auf die Reihe, wichtig ist eigentlich nur ein bekannter Name, der zieht, damit man den auf den Plakaten sieht.«

Da sitzen die beiden tief in den Eingeweiden der Firma *Life and die*, Szymon Rybaczko, der gerade spricht, und Woźniak, der zu allem Ja und Amen sagt. Sie suchen die Nummer einer populären Person, aber in Maßen populär, sonst hat das keinen Nischencharakter mehr, keinen alternativen Touch, abseits vom Mainstream, damit es auch all die Punks erreicht, diverse Haschrebellen und Vegetarier, all die verranzten Tussen in den Bussen nach Żary, im Lkw mit Strumpfhosen nach Amsterdam, bei denen es nicht für's Fluid reicht. Die werden sich bestimmt mit der Pitz identifizieren: Protest gegen die Medienpest, Cosmoschweine zur Gas-Depilation. Fehlt nur noch der passende Name, unter dem das alles firmiert, he, Augenblick mal, diese Masłowska, die war doch mal bekannt, ihr Ruhm ist jetzt verblasst, aber genau das passt, da ist sie vielleicht auch billiger, ein bisschen williger, dazu authentisch, hat in der Platte gelebt, kennt die soziale und gesellschaftliche Realität, schon ist sie am Apparat: »Hallo?«

Eh Leute, legt die Messer weg, sie hat nie kein Buch mehr geschrieben, kein Buch, dieser Film war von Anfang an gerissen. Eh Leute, lasst den Stuhl fallen, der Frau geht's beschissen, die sitzt jetzt zu Haus, probiert ihre alten Nietenbänder aus, als sie noch jung und begabt war, ohne Augenränder, mit TV-Serienstars zu Likör- und Cognacproben ging, Luxusware wie Rahmkäse, Frutti di Mare und Schamhaare verkosten, alles nur, um jetzt zu Hause zu rosten, ohne Beifall, ohne Bekannte, ohne Bravos, da plötzlich klingelt das Telefon, was ist los? Wer kann das sein, vielleicht sind sie es schon, hat die Kurbibliothek Kudowa Zdrój ihr den Preis des Jahres für interessanten Stil und Persönlichkeit verliehen? Sie stolpert über die Schöße ihres Morgenmantels, vielleicht ist es die Reporterin von dem Magazin *Dein Hund* und will, dass sie Geschichten über den Hund erzählt, den sie nicht hat und sich mit ihm ablichten lässt. Egal welcher Schund, nicht abzuheben kein Grund, deshalb sagt sie gleich: »Okay, ich bin dabei.«

»Guten Tag, bin ich mit Frau Masłowska verbunden?« »Ja, ich höre sehr?« »Szymon Rybaczko am Apparat, Berater für Medien und PR, mein Name sagt Ihnen wahrscheinlich schon alles, ich hätte da ein Angebot für Sie parat. Ihre Bücher habe ich zwar ehrlich nicht gelesen, höchstens aus dem *Przekrój* diese Feuilletons, die waren stark, echt klasse, authentisch, innere Wahrheit, Literatur von Weltrang, ein Name mit Klang, identisch wie Dostojewski, Beckett, Musil oder sogar Roman Bratny. Genau das suchen wir für ein Projekt, wir wollen Wahrhaftigkeit, wir wollen die Wahrheit unserer Zeit. Im Grunde bräuchten Sie gar nichts schreiben, wichtig ist nur, dass Sie es sind. Das Textgerüst kann so bleiben, wenn Sie vielleicht noch ein paar Reime dazu dichten, den Rhythmus auswuchten, ist nämlich eine Art HipHop. Ich werde Ihnen das alles erklären, die Handlung dreht sich darum, ein hässliches Mädchen, Sie verstehen, von allen mit Füßen getreten, von den Kindern auf dem Hof mit Makrelenpellen beschmissen, Background ist Polen C, die soziale Lage beschissen, Raubtierkapitalismus, Konsumzwang in Supermärkten, Realität vom Allerärgsten. Sie wissen doch bestimmt, wie man so was unangestrengt lyrisch einfängt, ein paar Mutterflüche, was sich so aufdrängt, es soll nämlich ein Manifest der Wahrheit sein, aber nicht zu vulgär, sonst erreichen wir den Hörer nicht mehr, und in der Handlung bitte keine Raucher, keinen Schmutz, sonst streicht uns das der Verbraucherschutz. Na, was ist, schlagen Sie ein? Ich sag Ihnen gleich, für Sie ist das die Chance, wieder einen Hit zu landen, Ihr erstes Buch war populär, aber mal ehrlich, eine Berühmtheit sind Sie nicht mehr, null Angebote, miserable Quote, ein zweites haben Sie wohl nie geschrieben, was? Na eben, mein ich doch, und das ist für Sie jetzt die große Möglichkeit, die große Chance, für uns so einen Text gar nicht mal zu schreiben, sondern eben nur, dass Sie es sind. Sie stehen für Authentizität, für das harte Pflaster, die Raufaser im Plattenbau, so jemand eignet sich tipptopp zur Produktion von HipHop. Ich nehme mal an, 'ne Schönheit sind Sie auch nicht gerade, eben, hatten es in der Hinsicht bestimmt nicht leicht im Leben, schade, da

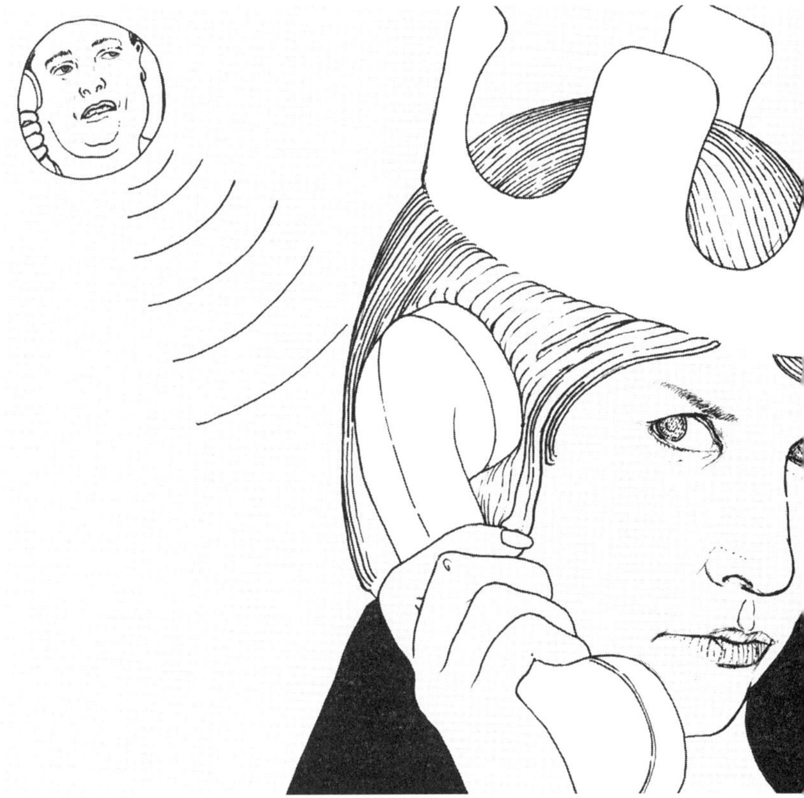

… für Sie ist das die Chance, wieder einen Hit zu landen, Ihr erstes Buch war populär, aber mal ehrlich, eine Berühmtheit sind Sie nicht mehr …

bietet es sich an, ein bisschen biographisch auszuschweifen, bisschen was Selbsterlebtes einzuflechten. Ich erklär Ihnen das später alles, denn dieses hässliche Mädchen, die hat was am Laufen mit so 'nem liederlichen Macker, kennen Sie Stanisław Retro, den Liedermacher? Genau, und jetzt sag ich Ihnen mal *out of record*, ganz unter uns Pastorentöchtern, seine Verkaufszahlen sind bei uns in letzter Zeit verdammt im Keller. Stellen Sie sich mal vor, wahrscheinlich ist das genau wie bei Ihnen, eben ist man noch berühmt, ein Star, und plötzlich wacht man auf, und es ist nicht mehr wahr. Sie haben das bestimmt am eigenen Leib erlebt, Sie sitzen doch wahrscheinlich jetzt zu Hause, so ist nun mal die Medienwirklichkeit, ja eben, und einem Kollegen da zu helfen, aus einer anderen Branche zwar, aber immerhin, das ist, glaube ich, sogar eine Art moralische Verpflichtung, den Knaben zu retten, der schneidet sich sonst noch die Pulsadern auf. Jedenfalls diese Patricia, so heißt das HipHop-Girl, der Star, den wir promoten, diese Patricia soll ihre Affäre mit ihrem Stanisław besingen, verstehen Sie? Metatextualität, zwei Schnepfchen mit einer Klappe, Sie kommen dabei bestimmt nicht schlecht weg, in Ihrer Situation, mal ehrlich, aber der Knüller ist, ich meine, dieser Stan ist homosexuell, das ist vehement wichtig, das muss in die Handlung mit rein, eine Romanze mit einem Mädel, und dabei ist der Typ nicht ganz richtig, komplett unscharf, verstehen Sie, wie ich das meine? Das kriegen Sie sicher hin, Honorar gibt's auch ein bisschen, na, was sagen Sie? Ich glaube, Sie sind einverstanden.«

»Ich weiß nicht, eigentlich«, überlegt sie noch. »Sie meinen, Sie fordern mehr? Darüber lässt sich reden, ich sag Ihnen ganz offen: Dreihundert Złoty wollte ich Ihnen geben, das zahl ich nicht jedem, aber in dieser Situation, wo uns wirklich was an Ihnen liegt, pump ich mir was und lass mich nicht lumpen. Ich leg zweihundert drauf,

damit dürften wir uns einig sein! Ein paar Fragen müssten wir noch klären, ach, Sie sind alleine mit dem Kind und können nicht weg? Brauchen Sie mir nicht zu erklären, hab selbst so einen Racker, weiß, wie die Kleinen sind, der könnt sich gut und gern allein beschäftigen, aber man hat doch Angst, mal wegzufahren. Na, wenn das so ist, komm ich natürlich zu Ihnen, soll mir nicht drauf ankommen. Praga Nord? Ah, diese Slums da über die Brücke, weiß schon, und ihr wohnt dort? Ja sicher, das Schicksal ist 'ne alte Zicke, erst bist du ein Star, alles ist wunderbar, und am Ende landest du dort in Praga, brauchen Sie mir nicht zu sagen. Hausnummer elf, Wohnung zwölf, ich komme bestimmt. Freu mich, dass wir uns so gut verstehen, junge Frau.
Bis dann.«

Eh Leute, es gibt Ärger, sie schreibt angeblich wieder was! Mensch Kinder, das muss man verhindern, wir wollen das nicht, wir verbieten das, wir lassen uns nicht wieder veräppeln, nein und nochmals nein!! Soll doch der Lem Karriere machen, soll der Miłosz oder der Gombrowicz, andere talentierte Poeten aus Polens stiller Provinz, die viel begabteren Jungautoren in Blogs und Foren, aber nicht *die*! Wie stehen wir denn in Europa da mit der? Mit der, da schaffen wir höchstens den Anschluss an die Russische Föderation. Das war doch schon, dann gibt's wieder hektarliterweise Kolchoskartoffeln und Brennnesselzucht und Wodkasucht zum Hungerlohn. Wieso sagt denn keiner was, meine Herren, da hört der Spaß doch auf! Eh Leute, was steht ihr da, den Stuhl müsst ihr nicht halten, lasst eure Scheiße nicht erkalten, eure Munition ist wunderbar, die wird nie rar.

Masło und ihre Pitz, das ist ja wohl 'n Witz. Pferdchen lauf Galopp, Doris mach HipHop. Als Jogginghosen und Bierdosen hip waren beim Mob, hat sie auf Randgruppe gemacht, hat die Adidassel gespielt, jetzt verkauft sie uns als Rap ihr Gequassel. Die Alte reitet jede Welle, das Pferdchen muss man zügeln, die Braut hat 'ne Delle, die muss man mal bügeln. Achtung, fertig, gut gezielt und los, dieser Stuhl liegt gut in der Hand, er ist so brillant, so griffig und erneuerbar, das ist die pure Energie, alle geht die nie. Feuer, meine Herren!

Personen

Dorota Masłowska aka. **MC Doris/MC Dorota** – Schriftstellerin
Patricia Pitz – Hässliche Braut
Stanisław »Stan« Retro – Popsänger
Szymon Rybaczko – Stans Manager
Anna Przesik – Neolinguistikpoetin, Stans Freundin

Ewa – Stanisław Retros Ex-Freundin
Katarzyna Lepp – Verkäuferin in einer Bäckerei
Adam Grociński, Karol Korzeń – Streifenpolizisten
Woźniak – Szymons Assistent
Mariusz – Masseur, einziger Verehrer von Patricia Pitz
Mac Robert –Musikjournalist
Czarek Mończyk – Betreiber einer Agentur für Striptease und Schlammcatchen
Artur Grottger, Jerzy Kossak – polnische Maler
Marta Sawicka, Roman Kurkiewicz – Literaturkritiker
Michał Kaczyński – Künstler, Kurator, Galerist
Witold Gombrowicz, Wojciech Kuczok, Stanisław Lem, Bolesław Leśmian, Czesław Miłosz, Bruno Schulz, Paweł Soszyński – polnische Schriftsteller
Jolanta Kwaśniewska – Frau des Ex-Präsidenten, Fernsehmoderatorin

Małgorzata Hodensatz, Hanna Markowska-Arslam, Grażyna Torbicka – Fernsehmoderatorinnen
Izabela Trojanowska – Schauspielerin und Sängerin
Mirosław Pęczak – Redakteur des Magazins Polityka
Katarzyna Kozyra – Bildende Künstlerin
Marcin Rozynek – Rocksänger
Sławek Sierakowski – Publizist
Paweł Dunin-Wąsowicz – Verleger

Samples und Travestien:

Spec, Sidney Polak, Tomek Lipiński, Katarzyna Nosowska, Rafał Wojaczek, MC Karat, Andrzej Bursa, Marek Hłasko, Jim Morrison, Marcin Świetlicki, Kora Jackowska, Roman Polański, Maciej Magura Góralski, Kim Gordon, Bjork, Lech Janerka, Jeden Osiem L, Miłka Malzahn, Smalec, Jello Biafra, Miron Białoszewski, St. Etienne, Tomasz Piątek, Peja, Piratenbucht, Doda Elektroda, Marcel Proust, Juliusz Machulski, Zbigniew Herbert, Adam Wiedemann, Jules Verne, Bohumil Hrabal, Witold Gombrowicz, Thom Yorke, Krzysztof Grabaż Grabowski, die Monatszeitschrift »Strażnica«.

Die Königin nutzt den Augenblick der Rührung und dankt ihren besten Kombattanten und Kombattantinnen, ohne die nichts gegangen wäre: DJ KZM und MC Tante Malinczi, DJ Mama und Papa Catering Projects und Palast Uncle Leszek Sound System, DJ Uncle Samo PDW, Agnes Help&Care Records, Mister Sister Wendy, DJ Uncle Mireks Damage and Destruction, Mister Stanisław Łu Aristocration Products, DJ Sufeen Chaos Composer, Wut und Gebrüll Supergroup, DJ Ewa und MC Martini feat. Franz Macukec, Jaworszczi Party System, DJ Michał Kaczyński Erniedrigung und Zerstörung des Lebens Corruption, Łukasz, Eweli and Paweł Psychologic Supersonic, Grzegorz Gaza Egoism and Donnuts, Dr. Olaf Kühl Translation Supersystem, Anal Sex Terror Wejherowo, Kuba Stankiewicz&Rakemno's Brothers, DJ Grabaż Consolation Superrecords, Bara Gregorova Czech Film Products, DJ Patyczak und MC Markisz Agata, The Dwurnix, Maciej Sieńczyk, Jacek Kleyff, Tomasz Jabłonowski and Agata Apocaliptic Managers, Lopez Mausere, Kim Gordon, B52's, William Faulkner, Warszawa-Praga, Wola Justowska, Kraut und Rüben.

Zugleich entschuldigt sich die Autorin bei Sławomir Sierakowski dafür, dass sie seinen Text in wahrheitswidriger Tonlage gesamplet hat.

Olaf Kühl dankt dem Deutschen Übersetzerfonds für die Unterstützung seiner Arbeit an diesem Buch.

Dorota Maslowska
Schneeweiß und Russenrot

KiWi 813
Aus dem Polnischen von Olaf Kühl
Deutsche Erstausgabe

Erzählt wird die Geschichte von Andrzej, genannt der Starke, der von seiner Freundin verlassen wird und dies von seinen Freunden erfährt, während sich Polen auf einen neuen Krieg gegen Russland vorbereitet. Auf der Suche nach Speed lässt er sich mit verschiedenen Frauen ein, verliert seinen Hund, fährt ans Meer, wird verhaftet und verhört, kommt ins Krankenhaus. In einer völlig neuen Sprache, die kreativ mit Regeln spielt, gelingt Dorota Maslowska ein ganz erstaunliches, literarisches Porträt.

»Was das Buch ausmacht ist die Sprache. Es ist die Sprache der Jugend, ihr Slang. Schnell, stark verkürzend, farbenkräftig, berstend von Eigenheiten.«
Neue Zürcher Zeitung

»Wie Autoscooterfahren zwischen Buchdeckeln.«
Süddeutsche Zeitung

Paperbacks bei Kiepenheuer & Witsch KiWi PAPERBACK www.kiwi-koeln.de